U0072380

翻動書頁的聲音

韓秀◎著

人生值得閱讀的47本好書評介

翻動書頁的聲音　　　◎韓秀

　　二〇一六年，美東的春天乍暖還寒，春花卻格外挺拔、鮮豔，尤其是不畏風雨的茶花、鬱金香、藜蘆、牡丹、山茱萸、櫻草、鳶尾，較之往年，反而有了更長久的開花期，讓人驚豔。

　　坐在書房裡，我尋常讀書的閱讀角落，眼睛時時被長窗外的姹紫嫣紅所吸引，自然而然地將書籤夾進書裡……猛然間，地動山搖，站立在二十三個書架上的書籍、幾張方桌上堆放著的書籍、已經被選出來放在特別的小書架上要趕快閱讀的書籍，一道喧騰起來，發出震耳欲聾的翻動書頁的聲音……。

　　從書架上跳將出來的是一本雄糾糾的書，《我的學生亞歷山大》，啊，是這一本嗎？我站起身來雙手捧住這本書。書架上的書都露出了興奮的贊同的表情，漸漸地安靜下來。我打開閱讀燈，翻開這本書，掠過推薦序、掠過國際讚譽，

掠過人物表，直接面對正文，開始再一次閱讀這本歷史小
說。

猶記得，在臺北敦化圓環同這本書相遇的情境。聯合航
空的飛機抵達臺北已經是晚間十點鐘，到旅館放下行李，同
好朋友去吃了清粥小菜之後，已經是午夜。此時此刻，我已
經有二十八小時沒有看見床鋪了。但是，毫無睡意，我必須
到誠品去，那裡永遠是我正式開始臺北旅程的第一站。年復
一年，飛越千山萬水，我在凌晨攀爬著樓梯，終於走進這家
書店的時候，總是眼淚汪汪的。看著整潔的店堂，看著一架
一架的書籍，慢慢調適著心情，順著早已經走熟了的路線，
來到文學類書籍區，首先要看的是華文作者們的新書。書架
上的書籍從容淡定，帶給我的卻是無盡的驚喜，多麼好啊，
又是豐收的一年。

四周無人，靜悄悄的，我專心訪書，一本又一本，手邊
的書堆逐漸加高。

遠遠的，傳來書頁翻動的聲音，抬頭望去，是在翻譯書
籍的書架旁邊，那裡應當是我第二天要來細細搜尋的場域。
但是，那翻動書頁的聲音是這樣的吸引著我，凌晨兩點鐘，

在敦化圓環誠品訪書的是怎樣的一位讀者，而他（或她）正在翻動的是怎樣的一本書？我搬動著我現在要買的一堆書，向著那聲音發出的地方移動著，終於看到了一位讀者，他坐在地板上，將書放在膝蓋上正讀得津津有味，噢，原來是加拿大女作家Lyon 的歷史小說《Golden Mean》的中譯本。這本書出版不過兩年而已，已經有中譯本了嗎？正在思忖著，那位讀者從書本上抬起頭來，年輕的、帥帥的臉，仔細修剪過的頭髮遮住了半個額頭，他有點訝異地看著我。

「抱歉，打擾你了。」我微笑，準備轉身離去，沒想到，這位年輕人竟然站起身來很熱心地開口說道，「原來，亞歷山大是這個樣子的，原來，亞里斯多德是這個樣子的……」

「跟你在歷史教科書裡看到的不太一樣？」我笑了。

「噢，不太一樣……」他也笑了，笑得非常開朗。

這一天，我們兩個人都買了這一本野人文化出版的《我的學生亞歷山大》。在櫃檯前，收銀員親切地看著我，「如果您帶著護照，可以免稅……」

於是，這位年輕人用英語道別，Goodnight!

我微笑作答，Good morning!

回憶讓我的心非常的溫暖，一邊讀書，時不時的，眼前會晃動起臺北年輕人開朗的笑容。

終卷，連版權頁都仔細看過之後，我回到電腦前，開始寫這本書的書介的時候，還聽得到臺北年輕人的聲音，「原來，亞歷山大是這個樣子的，原來，亞里斯多德是這個樣子的……」。一本文學類的優秀作品就是會這樣的開啟一扇明窗，讓我們看到一些我們未曾看到過的事物，感覺到未曾觸動過的情感，去了解一個超出我們想像的世界。當我們翻動書頁的時候，會歡喜讚嘆，原來，是這個樣子的！

這些書介就是這樣子一篇又一篇寫出來的。每月一篇，每個月從精讀的十多本書裡選出一本來略作介紹。讀書選書，伴隨著的是翻動書頁的聲音。我期待，將聽到更多的翻動書頁的聲音，如同大海的潮汐，經久不歇，永遠永遠。

寫於華府近郊維也納小鎮

目　錄

作家這款人

讀書趣

唱一首生命之歌

破繭而出

　　這本書，一九九七年由臺北大塊文化出版了中文本。我在書店裡看到了，卻沒有勇氣買回家，心裡有著「不忍閱讀」的強烈感覺。二〇〇八年，這本書已經是二版四刷，已經俘獲了百萬讀者的心。我自己被嚴重的三叉神經痛折磨也已經六年，在一種需要鼓舞的心境之中，從臺北買回了這本書，小心翼翼，將它放上書架，與幾本馬上要讀的法國文學放在一起。四年過去了，那許多本法國的作品早就看過了，挪動了位置。留在老地方的還是這本薄薄的書。幾乎每天看到它，幾次拿下來，幾次打開，甚至提前貼上了藏書票，終於，還是放了回去，滿心只有沉重的痛惜。

　　二〇一二年春夏之交，經過了開顱手術，終結了長達一百二十二個月的無藥可醫的嚴重疼痛。等於重生的生命經驗讓我感覺堅強，於是，坐了下來，一字一句，以極其緩慢的速度閱讀這本書。眼睜睜地面對一個美麗的靈魂，其軀體

被嚴密地束縛在一個堅不可摧的繭中，不得動彈。他終於一個字母一個字母地「寫下」這本一百多頁的書，讓靈魂破繭而出，嘹亮地唱出一首生命之歌，經久不息地迴盪在有著無數災厄的世界上，給我們力量，給我們信心，給我們勇氣。

法國女性雜誌Elle領先潮流，集新趨勢、時尚、美妝、生活、兩性關係、心理建設、社交，甚至辦公室文化於一爐，為全球女性提供權威的參考意見。尚－多明尼克‧鮑比在一九九一年，風華正茂的三十九歲年紀擔任了這本雜誌的總編輯。於是，我們知道，這是一位能力超群的知識份子，一位智商很高的社會菁英，無數人豔羨的偶像，正走在生命的高峰期，準備著迎接新的成就。

鮑比也有他平凡的一面，結婚、離婚、與新女友同居，同時也履行著對過去婚姻的責任。一九九五年十二月八日，一個極其平凡的日子，這一天，一位德國車商請鮑比試車，一款最新型的BMW，甚至配備一位親切的駕駛先生供他差遣整日。這一個下午，他計畫到距離巴黎四十公里的地方接兒子，帶兒子去看戲，然後再把兒子送回去。普通的行程，不應當有任何枝節發生的最平常的日子。結果，就在這個過

程裡，就在接到兒子以後，他感覺到意識模糊。迅速找到身為護士的小姨子，她馬上發出指令，送往醫院，越快越好。嶄新的BMW與技術嫻熟的駕駛先生在這個時候發揮了最大功能，飛一般地將鮑比交到了醫護人員的手中，沒有耽誤急救的最佳時刻。

但是，命運已然無法逆轉，四十三歲的鮑比腦中風，深度昏迷二十天之後，漸漸恢復意識，成為準植物人。他的意識終於完好如初，但是從頭到腳完全癱瘓，只剩一隻左眼睛還看得見，還可以眨動。他也聽得見，卻無法傳達自己的意願，陷入空前的孤絕之中。

我們總有著許多的「經驗」來自閱讀、來自聽聞、來自觀看，而並非我們的親歷。鮑比人生最後十五個月的經歷，我們希望永遠不要降臨到任何人的身上。我們完全無法想像，什麼都知道、什麼都明白、有著健全的思想、回憶與想像力的一個知識人，在他完全無法與外界溝通的時候，他怎樣戰勝那無邊無涯的絕望。

吞嚥是不可能的，說話是不可能的，用手指、腳趾表達意見是不可能的，搖頭與點頭都是幾乎不可能的，當整個肢

體語言化為零的時候，你怎樣讓人們注意到你的需求，注意到你正在眨動一個眼皮，強烈期望人們把門關起來，將電視機的音量轉小，把一直在滴水的抽水馬桶修好，以減少無休止的噪音的無情折磨。

在醫院裡只有一位語言糾正師桑德琳與一位心理醫師練習並使用一種方法與鮑比溝通。那就是順序念出法語的二十六個字母，鮑比用眨眼的辦法選擇出正確的那一個字母，然後繼續，直到達意為止。但是，多半的時候，圍繞著鮑比的是那些從來沒有想到要與他溝通的人，或者是那些「總是悄悄把我忽略過去，假裝沒有看到我傳達的絕望信息」的一些護理人員。於是，對於常人只是舉手之勞的事情便沒有人做，鮑比陷入「孤寂無助的處境」。這種處境使他「學會了以苦行的態度，不發怨言地忍受折磨」。這是在病苦之上增加的本來可以避免的不幸，需要的只是一點點同情之心，以及，一點點學習的熱誠。

為了可能破繭而出，鮑比所付出的努力也是極為驚人的，他用全身的力量來試圖發音，用眨眼之法來肯定心頭所想準確地傳達給記錄的人，如此，來寫這本書，記敘壓迫著

他的如同潛水鐘一般堅不可摧的硬繭般的桎梏，以及像蝴蝶般自由飛翔的思想。

一切都在意料之外，鮑比從昏迷中醒來的時候還以為將來最糟的情形只是架著雙枴走路而已。沒有想到，要靠胃管進食，餘下的日子只有病床與輪椅，而且，他正在迅速地走向生命的終點。

在硬繭之中，飢渴的鮑比思念著味覺帶來的記憶。他思念著里昂紅乾腸，一種香噴噴的臘腸，伴隨著兒時記憶、伴隨著對外祖父的記憶。他思念著病床上的父親。父親雖然明知兒子無法講話，還是會用顫抖的聲音打電話給兒子，會把自己最珍愛的照片寄給兒子。照片上十一歲的鮑比與父母在一個颳大風的小鎮渡假。那小鎮正是他此時此刻度過生命最後階段的地方，貝爾克。

更多的時候，他想到大仲馬，想到《基度山恩仇記》。甚至，鮑比自己曾經想寫一部現代版的基度山伯爵傳奇。現如今，他自嘲著當年的「狂妄」，寧可被罰抄寫一萬遍這部厚厚的小說。

孩子們會來看他，帶來他們的關切，帶來他們的畫作。

他們離開之後，末日的感傷如同雷擊。讓我們經驗如何坦然
甚至帶著一點幽默感地面對最後的結局。這個結局對於許多
人、事、物來講絕非終點，而我們讀者卻與鮑比一道體驗什
麼是「我在他方」。

　　鮑比用他生命殘存的全部力量給我們機會閱讀如此壯麗
的經驗，這本書出版後兩天，他破繭而出，抵達彼岸。而我
們有機會繼續進食、走路、閱讀大仲馬、觀望風景、敲鍵。

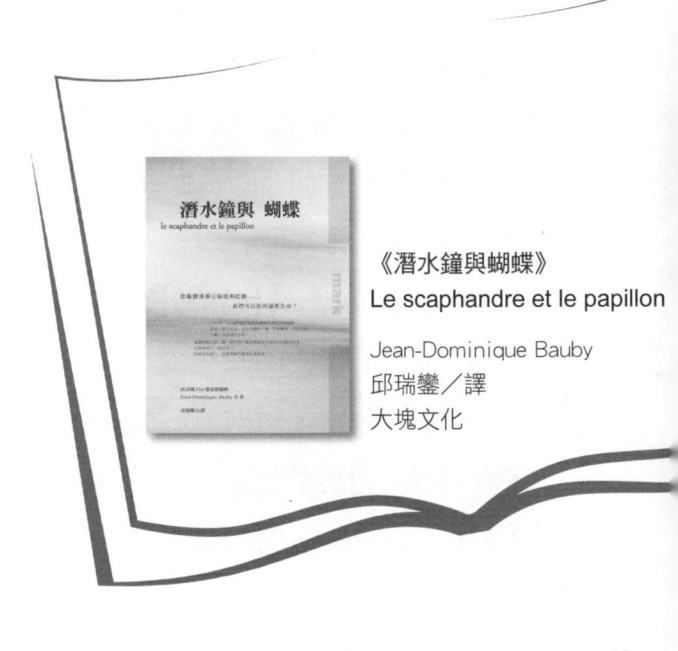

《潛水鐘與蝴蝶》
Le scaphandre et le papillon

Jean-Dominique Bauby
邱瑞鑾／譯
大塊文化

帶淚的燭光

　　最近兩年，每到歲末，我就會想念史鐵生，想念他筆下的北京地壇，想念他筆下的遙遠的清平灣。史鐵生的書寫無須注解無須想像便帶我回到我所熟悉的中國。毫無疑問的，史鐵生是當代中國作家裡最值得敬重的一位，他的寧靜、深邃與堅強是眾多書寫者無法望其項背的。

　　史鐵生和許多當代青年一樣，在文革中的一九六九年，也就是他十八歲的時候從北京到十分貧苦的陝西北部插隊落戶。三年之後，他回到了北京，回城的原因卻是因為雙腿的癱瘓。那個時候，他才二十一歲。所以，後來的招工與大學恢復聯考之類的事情便與他沒有了關係，連盼望都變成了多餘。在他二十三歲的時候進入住家附近的一所街道加工組做工，在那些用來「出口賺外匯」的大漆仿古傢俱上手繪刀刻亭臺樓閣、仕女花鳥，一晃七年。就在那段時間裡，他開始發表文學作品，開始引發文壇重視，成為知青寫手當中

不凡的一位。坐在輪椅上的史鐵生不敵病魔，在他三十歲的時候病情惡化，離開了街道加工組。之後，他持續寫作。一九九七年，他的長篇小說《務虛筆記》被《作家報》邀請的一百二十四位專家學者評選為一九九六年全國長篇小說第一名，第二名是韓少功的《馬橋辭典》，第五名是葉兆言的《一九三七年的愛情》，第十名是賈平凹的《土門》。以寧靜之心與病魔纏鬥，持續寫作，直到二〇一〇年十二月三十一日離開這個給他帶來無數苦難的世界。想到他，我總是會想到他在小說〈奶奶的星星〉裡面的一段話，「夏夜，滿天星斗。奶奶講的故事與眾不同，她不是說地上死了一個人，天上就熄滅了一顆星星，而是說，地上死一個人，天上就又多了一個星星。

『怎麼呢？』

『人死了就變成一個星星。』

『幹嘛變成星星呀？』

『給走夜道兒的人照個亮兒……』」……

　　孩子牢牢記住了奶奶的話，很多年以後，在夏夜裡，他還是會仰著臉看星星，尋找奶奶那一顆，而且他也「慢慢

相信，每一個活過的人，都能給後人的路途上添些光亮，也許是一顆巨星，也許是一把火炬，也許只是一隻帶淚的燭光……」。

在史鐵生的人生筆記《病隙碎筆》中，他提起，有一位記者問到他的職業，他回答說，生病，業餘寫一點東西。這絕非調侃，這實在是完全真實的人生狀態，因為他自少年時代起已經時時在生病。但是一個病人為什麼非得到缺醫少藥的窮鄉僻壤去插隊，弄到完全截癱的地步？念及此，又不禁失笑，我自己先天脊椎裂還不是下鄉插隊？到了鄉下、到了邊疆才發現城裡下來的病號何其多！每個人都有一本難念的經，八九不離十的便是政治上的原因。史鐵生是奶奶帶大的，奶奶小腳，不識字，但是奶奶的愛卻是無邊無涯的，奶奶的智慧也是獨特的。於是小小的鐵生就成了奶奶的「影兒」。這樣一位善良、要強的女子卻因為婆家的關係有了一個「地主」的成分，文革期間甚至因為「摘帽地主」的成分而不得做補花貼補家用，不得在街道「值班」，不得「負責」大雜院的衛生，只能去參加街道上辦的「專政學習班」，只能在大街上掃街，以示被懲罰。甚至，不得不返

鄉。當年，遭到這樣對待的「四類份子」、「黑九類」以百萬計。史鐵生的身邊便有著這麼一位奶奶。在史鐵生的書寫中，奶奶無言的、柔弱的、堅韌的對命運的抗爭以最平實的筆法被細膩地一再描摹，史鐵生本人對歷史的認知也在這追憶中層層遞進，終於，出現了在同時代寫手中極為罕見的懺悔意識。史鐵生本人在那個大家都「嚇傻了」的年代裡沒有跟風，沒有迫害過任何人，甚至他還大膽地表達了他對被迫害者的同情，照理說，他是完全不必有任何懺悔的心境的，但是他發出了詰問，「那時候，你有沒有挺身抗拒暴力的實施呢？」當語言的暴力、行為的暴力、歧視與凌辱施加到別人身上的時候，我們曾經挺身而出嗎？面對這樣一個問題，恐怕經過文革的整個民族都得低下頭去。這樣一個問題，到了二十一世紀的今天，還是一個面對現實的問題。一位小說家，一位書寫者卻在三十年前就嚴峻地提出了這個問題。許多論者將這樣的書寫歸結到史鐵生身體上的殘疾，認為是這樣病殘的身體狀況給了他人所不及的感悟力。但是，決不是每一位殘疾人士都有著這樣的感悟能力。

　　人生苦難重重，在苦難中委曲求全基本上是常態，不

能苛責。在苦難中不肯怨天尤人，永遠懷抱著希望，在希望中尋找信仰，並且堅定地摒棄功利，明白皈依不是抵達，皈依正是路上。如此，史鐵生便具有了較乎常人遠為健全的心智。他的書寫就有了深邃得多的意義。

在〈原罪‧宿命〉這篇小說裡，史鐵生先是用前一半篇幅描述了一位截癱病人對外面大千世界的無限嚮往以及他被「種在了床上」的無奈。然後，筆鋒一轉，仔細推敲造成傷痛的命運的腳步，指出這厄運的不可逆轉，平實而準確的書寫帶給我們極度的震撼。故事是別人的，感覺卻是自己的，真正的刻骨銘心。我們這些能走動能跑跳的尋常人無法想像從某一秒鐘起，日子將變成一樣的日子，盡頭不是改變而是死亡，死亡才是真正意義上的解脫。在這個不可能從惡夢中醒來，也不可能在美夢中睡去的「人生」當中，史鐵生「萬般無奈淪落成一個以寫小說為生的人」。

在史鐵生離開這個世界的第二個月，也就是二〇一一年的二月，大陸出版界出版了一本紀念文集《一個人的記憶》，精選了包括〈我與地壇〉、〈命若琴弦〉、〈我的遙遠的清平灣〉、〈奶奶的星星〉、〈第一人稱〉等著名篇章

一共十六則將近三十萬字。編者極其有心，並沒有以出版先後來排列，而是讓我們跟著這些篇章前行，看著史鐵生怎樣用他的記憶他的思考一步步走出絕境，怎樣逐漸地拓寬視野，怎樣地建立起信仰並支撐自己前行，怎樣地以獨特而全新的寫作手法進入小說創作的更高境界。

　　史鐵生創作的美感渾然天成，來自他書寫的精準。每一篇文字都是一隻帶淚的燭光，但是，當它們合在一起，便是一把火炬、一顆巨星，照亮著我們腳下崎嶇不平的路。

《一個人的記憶》

史鐵生／著
上海人民出版社

幸福的老師

　　世間有著無數的老師，從事著百年樹人的事業，其中只有極為少數的為人師者將學生看做朋友，以無比的睿智與耐心贏得學生的友情。當這一日來臨，學生也將老師看做朋友，老師所感受到的幸福無與倫比。

　　我們現在來做一位學生，跟著一本書，來聽一位幸福的老師最後的十四堂課，看一看，我們將從這些課程中學習到怎樣的真理。

　　墨瑞・史瓦茲是誰？在一九九五年的時候，要靠一個電視節目主持人的採訪，大家才能知道。這是一位身患重病的社會學教授，當他確知自己得的是不治之症ALS的時候，他決定，他不要像一般患者一樣從世界上主動退出，他決定要好好地活下去，而且要照著他自己期待的方式，認真生活，「帶著尊嚴、帶著勇氣、帶著幽默、帶著冷靜」。

　　談何容易。這種簡稱ALS的疾病，全名叫做肌萎縮性

脊髓側索硬化症。用聽得懂的話來說就是,在強勢病毒的侵犯下,患者的神經會像蠟燭一樣一寸寸地融化,肌肉沒有了神經的支撐,便失去了生氣,不能動彈,日漸萎縮。病毒從腳下開始攻城掠地,以相當緩慢的速度使得病患不能行走、不能站立、不能坐、不能用手、不能扭轉頭部、不能咀嚼食物,以至於不能說話、不能呼吸。神經雖然融化了,痛楚卻無所不在。最殘酷在於,患者有充足的時間親眼看到自己的生命一寸寸離去,走向終點。由於肌肉的全面萎縮,生活無法自理,對於很多人來說,那是全然談不到尊嚴的。但是墨瑞的想法與眾不同,人類處於嬰兒期的時候,生活也不能自理,需要照顧。墨瑞心平氣和地接受現實,晚年等於回到嬰兒時期,也需要照顧。他能夠「享受」被照顧的愉悅,甚至由衷感覺「幸運」,因為告別的時間這樣的長久。甚至,他仍然笑得出來。他的尊嚴、勇氣、幽默與冷靜,就這樣在他最後的課程──如何面對死亡──中真正感染了他唯一的學生米奇‧艾爾邦。當一九九七年,米奇將這十四堂的生死大課整理出來,成為一本書以後,數以千萬計的世界各地的讀者就和米奇一樣成為墨瑞的學生,認真思考人生最重大的諸

般課題。

　　米奇早在青年時代就讀麻州布蘭迪斯大學的時候就選修過墨瑞的課，他曾經是一位善良的、勤奮的好學生。墨瑞鼓勵他寫畢業論文，鼓勵他進研究所。論文寫了，研究所卻放棄了。米奇成為一名芝加哥的體育記者，整天追逐著體育明星的一舉一動；世俗對於名利的追逐，對於米奇來講是一件再平常也沒有的事情。但是墨瑞冷靜地指出，這種文化「讓人無法自知自識。你得要十分堅強，才有能力拒絕這錯誤的文化。」原來，無止境地為物質的取得而拼搏是錯誤的文化。世界上有更重要的東西值得我們為之奮鬥。那更重要的東西究竟是什麼？「生命若是要有意義，就要投入去愛別人，投入去關懷你周遭的人，投入去創造一些讓你獲得有目的、有意義的事情。」顯而易見的，這有意義的事情與名利的追逐毫無關係。更重要的是，創造有意義的事情，不是玩票，不是偶一為之，而是全心投入。一位行將就木的老人，調動起全身僅有的力量說出這樣的話的時候，聽者不可能不受到震動。米奇的妻子是一位歌唱家，米奇聽她唱歌好多年了，一向無動於衷。但是有一天她與米奇一道來看望墨瑞，

應老師要求唱一首歌的時候，歌者唱出了滿心的尊敬，滿心的不捨，滿心的痛惜。老教授全心傾聽，神遊於這天籟之中。曲終，墨瑞淚流滿面。這淚水讓米奇猛醒、初次了解，什麼才是全心投入去愛、去理解自己周遭的人，並且全心接受別人的愛，別人的關懷。妻子與墨瑞只是一面之緣而已，但是，她卻是米奇的親人，朝夕相處！

　　書中這樣的片段比比皆是，不能不引發我們深思，我們對自家親人究竟有多少了解，有多少珍惜，有多少關愛？距離全心投入是否遙遠？

　　更進一步，關切與愛是完全不同的，「愛是感同身受對方的處境」。墨瑞指出重點。

　　米奇有一位弟弟，住在西班牙。身患癌症的弟弟病瘦虛弱，卻拒絕哥哥的關愛，與家人疏離，不願意保持任何的聯絡，讓米奇苦惱不已。病重的老師在一堂星期二的課結束後，毫無預警地開啟了這個話題，「人跟人的關係沒有公式可言，只能以關心為出發點，為雙方都留下空間，設想他們所想要、所需要的東西，他們能做的事，以及他們自己的生活。」換句話說，親人的關切在有些時候會過於咄咄逼人，

變成被關心者無力承擔的重負。米奇聽到了老師的話,感覺心灰意懶,感覺無助。但是,老教授溫和地告訴他,他會找回他的弟弟。怎麼會?米奇滿腦袋糊塗。老教授微笑,你不是找回了你的老師?

可不是嗎?當初米奇大學畢業,墨瑞囑咐他與自己保持聯絡,他沒有辦到,在萬丈紅塵中打滾,不知所終。十六年以後,在電視節目中看到重病的老師,這才想到老教授的種種好處。正巧報紙陷入勞資糾紛,他不必上班,於是每個星期二從芝加哥飛到麻州西紐頓,上課,再飛回芝加哥。靠著這最後的十四堂課,他找回了他的老師,也找回了那個善良的、勤於思考的自己。

老教授去世後,米奇與弟弟有一番電話長談,他表達了自己對弟弟的尊重,表達了他內心的感受,「我不願意失去你,我很愛你的。」同時,也表達了在弟弟認可的範圍內保持聯絡的期望。這些話都是他從來沒有說過的。幾天以後,他收到傳真,亂七八糟的打字稿上,弟弟講著他的近況,還講了幾個笑話,還簽了字……弟弟真的被找回來了。米奇感動得流淚。

　　米奇問我們，你有沒有遇到過一位真正的好老師？他把你看作是一塊璞玉、一顆原鑽，只要假以智慧磨練，就可以發出耀眼光輝。

　　至於他自己，他回到了老師身邊，每個星期二在老師書房上課一次，不用教科書，課目叫做「生命的意義」，老師用自己的人生經驗來教。他告訴我們，這門課「繼續在上」。

　　我真切地看到了墨瑞教授幸福的微笑。

《最後 14 堂星期二的課》
Tuesdays with Morrie

Mitch Albom
白裕承／譯
大塊文化

雪線以上那一道薔薇霞光

　　二十世紀二〇年代的世界還沒有任何「暖化」的跡象。在極北之地的阿拉斯加，在雪線以上，究竟是怎樣的一個情狀，並沒有人真正了解。人們穿著暖和的防寒衣物，帶著應有的裝備，懷著好奇之心，偶爾踏入深山老林，順坡而上，進入雪線，蜻蜓點水地瞄了一眼，遠遠談不到認知，更無從想像一個人，一個柔弱「無助」的女孩怎樣可能常年孤身一人居住在雪線以上。

　　人類的知識極其有限、想像力貧乏，更常常以自我為中心，視大自然的一切賦予為理所當然，不知感激，更不懂得何為「設身處地」為一個「異於常人者」著想，待覺悟過來，總是為時已晚。

　　這是事實，也是所謂「人之常情」。將事實與情理化作數十萬言的小說，撼人心魄，需要的不僅是知識，不僅是經驗與想像力，更是同理心，是對世間萬物的尊重與珍惜。

阿拉斯加作家愛歐文・艾維生長在這苦寒之地，安於耕獵生活。豐富的生活經驗使得她的小說腳踏實地，充分展現阿拉斯加獨特的風采。但我們不會被那風采迷惑，因為艾維志不在此，她不是要繪製一幅風情畫，而是要探討人性深處的虛妄，人可笑的自大與無知。她書寫的重點在她無法徹底了解的雪線以上，那裡曾經有過一個美麗的女孩，叫做法伊娜，意思是薔薇霞光。

艾維用她最熟悉的人來為法伊娜的出現鋪陳背景。一對夫妻在美國東部的賓夕法尼亞親手埋葬了他們早產夭折的嬰兒，從此沒有孩子，精神鬱躁，無力自拔。在年近五十的時候，他們搬遷到遙遠荒涼的阿拉斯加，希望依靠儉樸、單純、遠離人群的生活來重新拾回內心的寧靜。

另外一條線索，則是童話，沒有孩子的老先生老太太在雪地裡堆起一個雪人，老太太給它戴上圍巾手套，老先生將它的臉雕刻成美麗女孩的模樣，奇蹟出現了，雪人「變成」美麗的女孩……儘管童話常常寓含深意，警告人類不可貪得無厭，否則悲劇就會出現。然則，人們總是迷戀著「從此過著幸福美滿的生活」，而將童話的預警當作耳邊風，極力迴

避。

現實生活中的這一對夫婦來到了阿拉斯加，渴望孩子的心緒並沒有因為環境的徹底改變而發生變化。他們在第一場雪降下的時候，堆起了一個雪人，老太太為它戴上了顏色鮮豔的圍巾手套，老先生為它雕出了一個姣好的面容。第二天，雪人坍塌了，手套圍巾不見了，它們出現在一個女孩的身上！陪伴她的是一隻紅色的狐狸！雪精靈？雪仙子？美夢成真？他們將擁有一個女兒？但那女孩來無影去無蹤，連腳印都不會留下，即便停留，也是極短的時刻。

老太太完全沉迷在將女孩「視如己出」的濃密愛意裡。甚至在自己都沒有足夠食物的嚴酷情形下，要送一隻雞給女孩的狐狸。我們冷眼相看，老太太以為「愛」能夠贏得一切，能夠將童話變成現實，能夠將那雪仙子占為己有。她沒有能力了解，在她的愛裡面有多少自私的成分。

老先生比較清醒，他出外耕田，也有了機會多「接觸」那女孩，當女孩確定老先生不是威脅之後，讓他幫助自己在深山裡埋葬了醉死的父親。老先生了解到事實絕非童話，沒有雪精靈、雪仙子，有的只是一個孤女，單身一人生活在雪

線以上，而且她「屬於那裡」。

　　故事由此展開。我們看到大自然教導出來的法伊娜在雪地上輕盈地遊走，看到她像一位經驗老到的獵人一樣地觀察她所接觸到的人類。她是那樣的年幼，但她又像山嶽一樣的老成持重。大雪初次降落平地的時節，她會出現，帶給老夫婦珍奇的皮毛，可口的漁獲。接受老太太為她準備的美麗衣物，與他們一道在小木屋共進晚餐，然後在風雪中離去。早春降臨，雪開始融化，法伊娜便決然地消失蹤影，完全地回到雪線以上。如此這般，這道薔薇霞光伴隨著大雪在酷寒中偶爾照亮老夫婦的小木屋本來應當是最為完美的結局，應當是大自然寬容的最後底線。

　　然而，在絕望中萌生的希望格外強烈，推動著「雪地裡的女孩」從傳說中走了出來。鄰家年輕的獵人在雪線上尋找極難獵捕的狼獾，女孩竟然丟給他一隻，並且警告他不要再來。警告沒有生效，善良的法伊娜甚至原諒他射殺了自己的狐狸，原諒他偷窺自己與大天鵝奮戰，甚至愛上他，懷上了他的孩子，與他結婚，艱難地生下兒子，甚至產後感染、以至奄奄一息。

　　法伊娜，這個被大自然撫養長大的女子，其體質與心態早已異於常人。在雪線以上，她有狐狸作伴，她是卓越的獵手，她認識高山之巔所有的香草、菌菇，她活得堅韌，她是一道真正的薔薇霞光。然而在溽熱的平地上，在小木屋裡，她汗流如注呼吸困難。年輕的獵人首先覺悟，強烈質疑將她留下來是不是對的？當然為時已晚。在零下二十度的嚴寒中，法伊娜留下了人們給她的一切，不告而別，隻身回到雪線以上。我們可以相信，產後虛弱的法伊娜在雪中跋涉的同時，酷寒殺滅了細菌，大自然治癒了她的傷口。這最終的回歸是在經歷了平地上的許多不堪之後與平地的徹底決裂。她與獵人相識於狼獾，告別於狼獾。我們的譯者選擇這個冷僻的中文詞彙確是匠心獨具。獾屬貂科，是人類可以豢養的物種；狼卻是屬於荒野的自由之神。狼獾更具有熊的體態，兇猛、敏捷。在這裡，牠（她）所展示的截然不同的屬性充分表達其內心可能存在的某種掙扎，同時彰顯了意欲將其占為己有的無知與虛妄。

　　法伊娜的兒子有父親的愛護，有「外祖父母」的關愛，將在平地上成長，無論他的血液裡流淌著怎樣豐富的大自然

的恩寵，他必定會接受學校教育，成為一個「正常人」。
一道雪線將母子徹底分離是不需任何想像力就能夠預見的將
來。由渴念孩子的夢想開始到徹底斷絕母子之情的結束正是
絕大的諷刺，內中所含的哲學意味值得每一個人深思。

　　薔薇霞光如何度過漫長歲月？在這個巨大的空洞面前，
我的想像力蒼白無助。闔上書本的時候，我淚流滿面地跟法
伊娜的兒子說，等你長大一點的時候，要記得跟爸爸一道送
一罐密封的鹽到雪線之上。這是生活在平地上的人們能夠做
的最為慈悲的一件事情，老先生老太太在多年前就該做的唯
一的一件事情。

《雪地裡的女孩》
The Snow Child
Eowyn Ivey
陸篠華／譯
博識出版

蒼鷺的哀歌

印度大詩人泰戈爾也被世人稱為「孟加拉中短篇小說的開創者」。在他最後一部小說《四章書》裡，繼續闡釋其哲學理念，「世界是從愛中誕生的，世界是被愛所維繫的，世界是向著愛轉動的，人是運行於愛之中的。」但是，我們從這部作品中看到的卻是在政治的紛爭中，愛人與被愛的無盡掙扎。掩卷之時，滿心悵惘。

時隔半個多世紀，印度女作家莎麗塔・曼坦納推出她的處女作，在風景秀麗的古爾格地區，綿延數百年的家族傳奇史詩般展開。然而，我們在閱讀之時仍然浸泡在愁苦之中。愛確實是強有力的槓桿。但是，愛帶來的竟然是如此的無助、如此的絕望、如此的令人扼腕。終卷之時，我們卻又能夠如此清晰地做出評斷，真正千迴百轉，引人入勝，一部印度版的「老南方」家世小說。

朋友好奇地問，難不成小說裡有著郝思嘉的影子？就是

《飄》裡邊那位任性的美人啦。朋友看我不言語，還這麼好心地提醒著我。

我當然知道郝思嘉是誰。但是，這部印度小說裡的女主人公的任性與偏狹所帶來的傷害卻遠遠不是郝思嘉能夠比擬的。這位印度女子出身於富裕的家庭，是這個家族六十年來的第一個女嬰，被取名叫做黛薇，原文的意思是「女神」，集全家人的寵愛於一身。我們冷眼旁觀，家人的無限溺愛很可能使得她不懂得謙卑，不善於自省，沒有憐憫之心，更不知寬恕為何物。

朋友正色道，謙卑、自省、憐憫、無條件的寬恕是基督教精神。換句話說，不應當以此來衡量一位印度女子。那麼，信任呢，青梅竹馬、兩小無猜的兒時玩伴，難道不值得信任嗎？人間的互信不需要宗教的薰陶吧？為什麼在人生的重大轉折關頭，這信任竟然消失得無影無蹤，留下的只是無盡的折磨與怨恨？

話說這位「女神」降生之時，母親正在農地工作。這裡是古爾格，銀色的高威麗河，護衛著印度南海岸的山脈，使得這個地區成為印度的蘇格蘭，著名的咖啡產區，風景秀

麗。母親注意到，一群蒼鷺高高飛起，盤旋著不肯離去。母親把這個重要的徵兆深埋心底。

不久之後，迪凡納出現了，他的母親離開了富有、花心的父親，回到娘家，進而投井自殺。迪凡納於是在黛薇家裡長大。黛薇成了他心目中真正的女神。

任性的「女神」卻在十歲的時候便一見鍾情，而且做出「決定」，一定要嫁給打虎英雄，迪凡納的堂哥瑪楚。這個時候，在夜的黑暗即將退去，燦爛陽光即將照撫大地的時分，蒼鷺出現了，它們直接凝視著黛薇的眼睛，高唱著，發出警告。

事情直轉而下，瑪楚在殺死老虎的時候，與神有約，將在十二年中不談婚嫁不近女色。黛薇生活在有著早婚習俗的印度，只好一次次拒絕求婚，試圖等到瑪楚與神的約定到期。蒼鷺一次次飛臨示警，歌聲淒婉。

與此同時，熱愛植物學的迪凡納卻被善良的牧師推薦進了英國人的醫學院。完全出乎意料的，落入了無休止的、殘酷的霸凌之中。迪凡納隱忍著，直到再也無法忍受，終於輟學、返家。在極度的痛苦與昏眩中，他一心一意要找到他

的女神向她傾訴，卻在嚴重腦震盪的狀況下侵犯了她。蒼鷺已然無能為力，它們無法告訴他，女神已然與瑪楚幽會，瑪楚為了她已然違背了與神的盟約。家人為了維護家族的名譽迅速安排迪凡納和黛薇的婚姻。黛薇的怨恨無以復加，因為她認為，是迪凡納的侵犯使她失去了與瑪楚的美好未來。蒼鷺偶爾飛臨，預示神諭。面對人的無知與顛頇，蒼鷺只有嘆息。

　　折磨永無窮盡。侵犯帶來了一個善良純樸的孩子，一如迪凡納。瑪楚結婚，也得到一個酷似自己的兒子。命運之手翻雲覆雨，瑪楚戰死，妻子自殺。兩個孩子都在黛薇身邊長大。黛薇並非女神，她的恨意難消，遷怒於自己的孩子。甚至，口吐毒液，講出幾十年前那一椿「侵犯」的祕密，逼走了親生的兒子。事情到了這個地步，蒼鷺不再出現，雲層高遠之處，只得幾聲哀鳴。

　　小說分為三部，第一部以迪凡納為主軸，第二部以瑪楚為主軸，第三部以瑪楚之子為主軸。十九世紀末二十世紀初的印度社會風情成為整本書波瀾壯闊的背景，雄渾壯麗。

　　但是，迪凡納的苦難卻貫穿始終。雖然，那一次的侵犯

締結了「婚姻」，甚至孕育出一個美麗的生命，但是，從那以後，數十年來黛薇視他如寇讎。孩子出生不久，黛薇在憤怒中聲明自從十歲起自己愛的就是瑪楚。迪凡納如夢初醒，終於知道今生今世已無可救贖。為了還給黛薇自由，迪凡納舉槍自盡。命運之手再次扭轉乾坤，這個不幸的人居然拖著傷殘的身體活了下來。

活著比死亡更加艱難，活著，需要更多的勇氣，更多的忍耐。這本書一直在告訴我們這個真理。迪凡納身心俱殘地活著，依靠的卻是愛。他愛黛薇，無論黛薇給他怎樣的折磨。他愛自己的孩子，無論那天大的祕密怎樣地啃噬著他的心。他愛家族裡的每一個成員，包括堂哥瑪楚以及瑪楚的孩子。無數冤屈當頭罩下，他沒有怨恨，只有愛，愛使得他那殘缺不全的身體無比堅韌。他發揮著他的聰明才智，一次次將農地從天災中拯救出來。他沒有利用那些功績帶來的些許平靜時刻講出他所遭受到的霸凌。他的自尊自愛之心不允許他提到那些殘酷無情的事情。要等到年華老去，偶然事件成全了他，那微弱的幸福才會出現。那幸福實在是微弱的，因為此生唯一的骨肉已經不知去向。一顆心畢竟還是殘缺的。

蒼鷺沒有理由再次歌唱。

　　正如泰戈爾所說，人真的是運行於愛之中的。莎麗塔用
她優美的文筆塑造了令人難忘的印度之子迪凡納。我相信，
再過一、二十年，我還是會再次捧讀這部小說，我跟朋友
說。

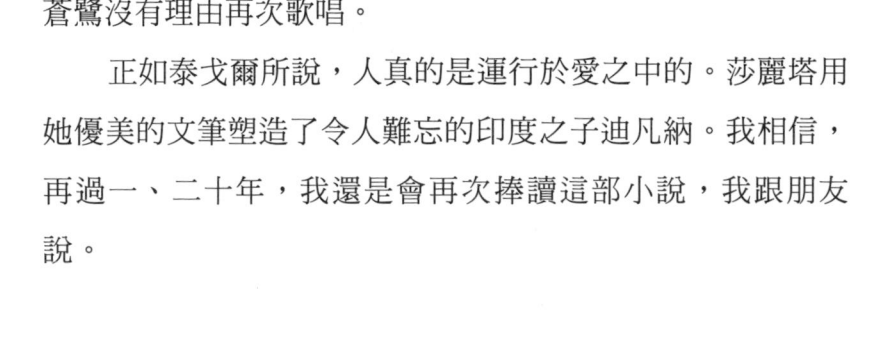

《虎丘情濃》
Tiger Hills

沙麗塔‧曼坦納
Sarita Mandanna
聞若婷／譯
臺北商周出版

眼見為虛

與劉心武有一面之緣。二十世紀八〇年代「清除精神汙染」風高浪濁，許多作家都被掃到，雖然不似十年文革的凶險，心裡絕對是不痛快的。美國大使館頻頻舉辦招待會，為的是讓這些可愛的作家們、藝術家們有個愉快的去處。這一天，晚宴結束，汪曾祺先生微笑著離席，腳步卻有點不穩，怕是喝高了，我就擔著心。那時候，人們到建國門外，不是騎自行車就是搭公共汽車。就在這個時候，我看到了陪伴在汪先生身邊的劉心武。他笑微微地跟我們說，他送汪先生回家，要我們放心。那是一個刮著風的秋夜，兩個人在路燈下拖著長長的影子，瀟瀟灑灑地走遠了。

這麼誠懇的一個人，他就是那位寫了《班主任》的劉心武。「傷痕文學」帶著雷聲怒吼著衝決出世，走在第一線的便是這《班主任》，那是一九七七年的事情。

後來，人們都津津樂道著他寫的氣勢磅礴的《鐘鼓

樓》、《四牌樓》。我卻沒有忘記那清淡素雅的《藤蘿花餅》、麻辣刺激的《潑婦雞丁》。當然，他的揭祕《紅樓夢》更是被人鬧得沸反盈天，「紅學家」們吵吵嚷嚷，直說這小說家撈過了界。我卻在想，同是小說家，劉心武為什麼就不能與曹雪芹促膝談心呢？更不消說，在紅樓夢研究之前，劉心武還做過許多的文學實驗。比方說，魔幻寫實主義的創作，且成就斐然。

專家們常常說，馬奎斯的魔幻寫實，尤薩的結構寫實雖然舉世公認其成就，但是他們也都是批判寫實主義的大家。換句話說，他們的書寫從來沒有離開過人們的日常生活、苦難、掙扎。專家們也說，拉丁美洲作家的魔幻寫實主義對華文作家影響甚鉅。但是，當我打開劉心武這一本《人面魚》的時候，卻感覺這位中國作家的「魔幻」植根於寫實。「眼見為虛」是迷人的技法，小說裡湧動著的是作者對人間世的深切關懷，是痛惜，甚至是無奈。劉心武這樣說，「世界上有過，並且還在產生著許多不同的小說。我所喜歡閱讀的，自己所喜歡創作的，主要還是寫實的，貼近普通人生的，探究人性底蘊的那一類。」但是，小說就是小說，它們絕對不

是「現場直播」，也不是簡單的就是「觸摸生活」而已。對
於劉心武而言，珍惜人們已經感覺麻木的平常人平常事，才
是這本短篇小說集的主線。但是，許多事情還是「說不得」
的呀，或者深究起來，有「動搖國本」之嫌啊。這種時候，
魔幻寫實便有了大大的用場。人們從那荒謬與怪誕中，感
覺到了小說家悲憫的情懷，也感覺到了小說家的憂戚。對於
我這樣的讀者，正好是補上了一個空缺，離開北京實在太久
了，那個城市，那裡的人，現在的樣貌究竟是怎麼樣的呢？
小說做了解答。

　　「京漂兒」是改革開放以後出現的一個詞彙，外地的青
年，那些最富冒險精神的弄潮兒來到京城，尋找機會。僧多
粥少，競爭激烈。人性的光明在很多時候完全敵不過黑暗。
人性的黑暗是邪惡的，卻充滿了力量與「創意」。在這個陷
阱處處、機會稍縱即逝的地面兒上，男女京漂兒們載沉載
浮，演出著令人目不暇給的活劇。

　　中國的問題在農民。這句話大概沒有人會否認它。在
這整個中國正向著「錢景」奔騰或折騰的時候，劉心武寫了
〈塵與汗〉，讓我們看到出外賺錢的農民，在這個光怪陸離

的社會裡，他們的艱難、困頓、疑惑，以及他們無可改變的
善良、誠實。他們被精打細算的城裡人壓榨、盤剝、欺騙。
他們完全不明白嗎？並不是的。在很多時候，他們明白自身
處境，他們的隱忍或是為了家人或是為了鄰里，或是為了比
他們更柔弱的人群，更經不起折騰的人群。於是他們的隱忍
就有了意義，就讓我們看到了這一個巨大群體所面對的是怎
樣的不合情理，在農民逐漸地離開了土地的時候。

　　社會的不公正整天地寫在報紙上，內容包括「貪官汙
吏、坑蒙拐騙、吸毒販毒、拐賣人口、環境汙染、假冒偽
劣、賣淫嫖娼、公款豪富、魚肉鄉里、特權裙帶、白條欺
農、挪用扶貧經費、挪用教育經費」等等等等，不一而足，
都已經完全喚不起人們的興趣。人們已經司空見慣、已經見
怪不怪、已經完全的麻木了。直到有那麼一天，湖濱晚間燈
火燦爛，萬千燈火倒映水中，如同狂舞的金蛇，成為當地著
名的景致。偏偏有人在月黑風高之夜，下網撈蛇。金蛇被撈
起之後，逐漸僵直，變成一條條的金條。撈金蛇者自然是賺
飽了，但這是一槌子買賣，無論湖濱之夜如何的光彩奪目，
湖中漆黑一片，再無金蛇出現。於是，湖濱夜景再不是名

勝，再無法帶來利市。這才引發議論……。劉心武將這充滿
諷諭與暗示的〈最後金蛇〉放在全書押尾，自然有著理由，
重大的理由。

　　開篇則是點題的〈人面魚〉。從上山下鄉的六〇年代
寫到改革開放後的新世紀。人際之間不但本來有著階級的、
政治的、城鄉的分野，現在更有了階級的、貧富的、國內與
國外的分野。但是，人間卻曾經有過嫩綠色的晚霞，就在那
無邊無際的嫩綠色的繫繞下、牽引下。身處塹陌兩側的男女
卻曾經一步跨過了那山高水深，並在心底裡留下了刻骨的思
戀。

　　好像完全不相干的，男女青年插隊的那個貧苦之地，卻
有著一個魚兒眾多的湖。糧食不足瓜菜代的艱難歲月，無人
敢到那湖中撈魚或釣魚。那湖裡有著一條人面魚，長著一張
人臉，祂的歲數究竟有多高，已經無人計算得清。但是有祂
在，魚兒便得到了保護，那湖便清澈見底，那貧苦小村便會
被籠罩在嫩綠色的晚霞中。也許，一些美好便會跨越人造的
藩籬而出現。也許。也許並非不相干。為什麼人間需要這許
多「難言的艱辛、複雜的況味、堅韌的奮鬥、履履的挫折、

層出的惶惑、疊加的疑問、無盡的期盼、不屈的情愫」匯聚
交織？

　　眼見為虛，眼見為虛啊！真實的人性底蘊則藏匿在小說
的字裡行間，足夠我們細細琢磨。

《人面魚》

劉心武／著
聯經出版

走在浮橋上

　　雙十節，孟若獲獎，公眾廣播電臺剛剛播出這個消息，話音未落，我便喜不自勝拍案大叫，「這就全對了」！朋友詫異，很小聲地問，這艾莉絲是誰？朋友也是愛書人，我知道他想問的並非孟若何許人，他想知道的只是她是怎樣的一位作家？她寫了些什麼？以及，她好在哪裡？

　　孟若是我輩中人，是那種在操持家務、相夫教子、滿足家人所有需求之餘，忙中偷閒，堅持寫作的女子。而且，她自律甚嚴，每天一定要完成某一個進度。如果必須旅行，必須參加某些活動，她有三個女兒，活動是不會少的，那麼她就提前完成書寫「任務」。旁人看來，這是很無謂的努力。因為天曉得，文學是不是值得如此的付出。然而，我在閱讀孟若的時候，心心相印，文學對於她來說是信仰，是精神支柱，是一切幸福的源頭。與世間所有的嚴肅作家一樣。只不過，有家庭的女作家必須要付出更多的耐力，因為家庭的需

要是無止境的，遠非朝九晚五可以了事的啊。女作家必須在很多時候收拾起自己的心情，收拾起自己創作的衝動去滿足家庭其他成員的需要。這樣的磨礪有其殘酷的一面，也有有益的一面，那就是使得像孟若這樣的作家有了更多沉潛的工夫，文字在腦中成熟，落到紙上或者落到電腦裡，只是一個浮出水面走進人世的過程，一個完成的過程。

孟若的成就是小說，是短篇小說。她也很想寫長篇，但是只完成了一部《女性的生活》。她自己表示「不會寫長篇，一長就垮了」，但是短篇還是越寫越長，成了中篇。那都不要緊，她的小說無論長短都能夠緊緊抓住讀者，讀者被她觸動、被她吸引、被她驚嚇，感同身受，完全忘記了手裡的文本是一個短篇還是已經成了中篇小說。莫泊桑沒有如此的驚心動魄，有的一拼的是契訶夫。讀孟若的同時，我會痛切地想念契訶夫，重槌般的敲擊，直搗內心深處最柔軟的部分。讓讀者思索，我是誰？我的選擇到底是什麼？我怎樣走向生命的終點？等等等等，這一類的，巨大的課題。

極為特別的，孟若的小說，沒有恢弘的大背景，沒有強烈的時代的脈息，都是在加拿大的背景模糊的小鎮上，尋

常的男女老少，尋常的生活，然而，思緒卻是那樣的驚天動地。常常在小說一開頭就是死亡，就是凶殺，就是讓人驚悚、膽寒的各類情節。我們看看周遭，其實這些事情是每分每秒都在發生著的，只是人們習慣了，那是「別人」的事情，還沒有輪到自己頭上，所以暫時尚無感覺。孟若把遙遠的偏僻之地的真正是別人的事情一下子拉到我們眼前，逼迫我們去面對，讓我們知道，我們暫時走在一座尚稱堅固的浮橋上，隨時可能落水，甚至直落深淵。有沒有解碼？有的。正如瑞典學者傅正明先生所說，「孟若是有著深厚人文精神的小說家，屬於啟蒙的『黑暗詩人』。她的小說有著解毒功能。她筆下人物所處的『冥府』，既是外部世界的黑暗地帶，也是人物自身的心理暗角。」也正如孟若自道，普通人的生活「灰暗、簡單、卻令人驚奇，難以探測——是以廚房的油氈鋪成的深邃的洞穴」。字字句句在告訴我們，走出洞穴是可能的，只不過，那可能往往出乎我們的意料。這樣的特質是孟若與契訶夫所特有的。

　　〈樑柱〉一開筆就談論優雅、從容的死亡，老婦人臨走之前整理儀容。說話與聽話的人都不是陌生人，於是談話

有一搭沒一搭，基本上沒怎麼往心裡去。但是很快的，本來大致還沒有任何外人介入的家庭，忽然的來了不速之客。這登堂入室的客人是一位身世不明姥姥不疼舅舅不愛的女子，是這家女主人的遠親，而且是「準備」在這個家庭裡待下來的，最少女主人這樣揣測。男主人視家庭的純粹為圭臬，絕對不容他人進入。在激烈的衝突展開之前，闔家出遊，將客人獨自留在空蕩蕩的房子裡。於是，深感愧疚的女主人感覺著她的客人會在他們出遊期間上吊自殺。在她的想像裡，自殺的人是因為他們嫌棄她，毀掉了她唯一的希望而走上絕路的。這樣的內心掙扎已經是極度的恐懼與強烈的不安。她甚至幾乎是「看到了」懸在樑上的那具醜陋的屍體，於是「臨時抱佛腳」，「祈禱著」只要不出現這樣的情景她可以付出有限的什麼。讀者在這個時候終於了解小說開筆的那一幕隱藏著作者怎樣的匠心。兩種死亡的強烈對比使得讀者完全地跌入了女主人的憂戚之中。然則，希望並非單一，這個家庭返家之時，發現他們的客人正和他們的老熟人聊得和樂融融。另外一扇窗戶開啟了，人生出現新的轉機，新的體悟。這是與冥冥中的巨大力量討價還價的結果嗎？孟若雲淡風

輕，「這是很久以前的事了，在北溫哥華，那時他們住在樑柱式建築的房子裡。那時她只有二十四歲，剛學會跟生命討價還價」。

〈浮橋〉裡面，一向身體健康的四十二歲女子罹患癌症，手術、化療、疲累不堪。大她十六歲的丈夫對她的疲累似乎完全沒有感覺，當他到醫生辦公室接她的時候，車子裡已經有了一位將要照顧他們的看護。他們沒有直接回家，丈夫執意要幫助這位看護到她妹妹工作的醫院然後又到她妹妹家裡去「拿鞋子」。孟若精心設計，使用大量篇幅寫這樣無謂的一件小事在那丈夫的腦海裡怎樣變成一件非要現在辦不可的大事，並且付諸行動。在這個漫長的折磨裡，病弱的女子被拖得筋疲力盡。早先，她很怕丈夫先走把自己留在世界上，現在是她要先走了，竟然「同時隱隱覺得興奮。狂奔而來的災禍預告著人生一切責任的解脫，你感到難以言喻的興奮。不過還是得保持鎮定、不動聲色，想到這又覺得羞愧」。當丈夫接受看護妹妹妹夫的邀請「進去坐一下」的時候，她獨自安靜地留在了戶外的驕陽下。不知過了多久，我們幾乎相信這女子將死在酷熱中，緊張得喘不過氣來。一個

男孩適時出現，他溫言安慰並開車送女子回家，走的是一條
有著浮橋的小道。於是在沒有任何預期的情形下，男孩領著
她，看星星，走在浮橋上，再平安上路。讓她「陡然感到一
陣輕鬆，簡直想笑。溫柔的歡樂感受，超越她身上一切的疼
痛與創傷，在僅剩的生命裡蕩漾」。

　　此時此刻，我們也是喜悅的，曾經走在浮橋上的諾獎評
委們終於踏上了乾燥的平地，一個頗受矚目的文學獎終於回
歸文學，那是多麼好的事情，感謝孟若。

《相愛或是相守》
Hateship, Friendship,
Courtship, Loveship, Marriage

Alice Munro
王敏雯／譯
木馬文化

深入地心的一條直線

　　Jeff 從樓上飛奔而下，邊跑邊說，「是 Patrick Modiano，你不會已經看過他的書了吧？」前半句聲音很大，後半句聲音越來越小，因為他已經看到了我放在膝蓋上的書。我正在把書籤夾進書裡，闔上書本，封面正是非常巴黎的黑白照片。

　　他走過來，「我的天，Dans le café de la jeunesse perdue，多可怕的一本書。」呃，換個字眼，令人心碎的一本書，更貼切，更蒙迪安諾。我這麼回答他。

　　我知道，這個時候沒有任何話語能夠抵得上一本書。我們非常默契地開車出門，直奔書店。找到小說類，沒有 Modiano。找到服務人員，小姐微笑，「他剛得獎，不是嗎？書沒有那麼快……」他氣急敗壞，「這個法國人不是新作家，你們連一本庫存都沒有嗎？」小姐很有耐心地指指電腦，馬上按鍵查詢，曾經有過，現在無貨。《暗店街》、

《戶口簿》、《在青春迷失的咖啡館》……都曾有過英文本。新書大約需要等兩個禮拜。「又一次，中譯本打敗了英譯本。」他悵然。我按鍵搜尋法文本，Jeff 的法文絕對可以看蒙迪安諾。結果，連法文本也沒有。我順便看了一下架上展示的《紐約客》、《紐約書評》、《寫手》等等雜誌，希望看到切實的書評。全部是白卷，在二〇一四年的十月，沒有一位美國的書評家及時地提供真知灼見。正如《華盛頓郵報》新聞所說，這位諾獎得主在法國頗負盛名，在其他地方「幾乎沒人知道」。

誰說的？臺灣就有過四種譯本，最少現時現刻仍然買得到允晨出版的《在青春迷失的咖啡館》。

Jeff 絕對不肯「聽書」，於是我們有了幾天安靜的日子，他仍然在尋找一本英文或者法文版的書，我仍然捧著我的中文版，回頭溫習蒙迪安諾迷人的文字。你可以用一句話來說明你看他的書的感覺嗎？Jeff 終於按捺不住好奇心了。「我找到了一根深入地心的直線」。我連想也沒有想，衝口而出。

蒙迪安諾出生的時候，二次大戰正在結束中。他十七歲

就離開學校，一心一意要做一個作家。他的書寫緩慢而準確地揭開了法蘭西美麗的軀體上最醜陋、最敏感的傷疤：在納粹德國占領期間，某些法國人協同德國人迫害在法國境內的猶太人。在猶太人所遭受的磨難中，有法國人加上去的那一分苦痛。甚至，也有法國人向德國占領者出賣自己的同胞，因為這些人投身於抵抗法西斯的游擊戰。事情過去已經很久了，蒙迪安諾用細緻的、溫柔的文字一再地將那罪惡曝露在天光之下。事情是醜陋的，書寫是優美的。蒙迪安諾是將充滿人道關懷的大哉問與細膩的小說語言融合到極致的文學家，滿天雲霞中那一根深入地心的直線切割出的人性層面繁複詭異，無法預期。

　　論者說，蒙迪安諾的作品應當歸類於後現代。也有人曾經提出疑問，《家譜》之後，這位小說家還能寫出什麼更令人讚嘆的作品來嗎？於是，我們看到了《在青春迷失的咖啡館》。初讀這本書的時候，我拚命地壓抑著自己想要攤開一張巴黎地圖的願望。二十世紀六〇年代，從巴黎的四面八方來到「孔代咖啡館」的這些二十歲左右面目模糊的年輕人正是戰爭末期出生的一代人，他們每一個人都有著蒙迪安諾自

己的影子。全書有五章，發聲的「我」只有四個人。一位在孔代出現的曾經就讀礦業學院的大學生是第一個「我」。他讓我們「認識」了許多人的名字，完全看不到人的面目，也聽不到他們的言語，但是我們清晰地看到他們在街區走動的身影，知道他們行經的路線，甚至知道誰和誰坐在一起，喝些什麼，桌上擺了怎樣的一本書，連標題與封面的顏色都看得很清楚。一般小說的人物描寫與這樣的小說語言當然是完全不一樣的。有趣的是，就靠著這些使用假名的「人物」，我們確切地感覺到了孔代的氣氛、聞到了那裡的味道，從心底深處湧動起要一探究竟的願望，以及深深的同情。確實的，是同情，是感同身受，是我們的記憶裡的某一個長時間被深藏的部分被喚醒。

　　第二位敘事者竟然是一位私家偵探。因為「露琪」的失蹤而受邀探尋。他走進了孔代。於是，忽然之間，本來面目模糊的人有了真名，有了絕對不願曝光的某種「生活」。人際之間有了一些必要的依存關係，但絕非當事人的希望。私家偵探面對女孩苦澀的人生所做出的決定卻是絕對地要讓她能夠隱身於鬧市，讓「任何人也找不到她」。 這一章步步緊

逼的敘說所帶來的窒息絕非一般的驚悚小說能夠望其項背。

　　第三章，露琪現身，自說自話：這個被高中拒絕，十四歲就常常「離家出走」的女孩內心的恐懼、無助，以及她對未來的模糊期盼。蒙迪安諾甚至為她安排了一個非常後現代的細節，孤苦無告的女孩在馬太書店得到一本未來才會出版的書《無限之旅》。於是，善良的書店老闆可以祝福她旅途愉快。什麼樣的旅程？尋找幸福的無限之旅。身邊幾乎沒有惡人，連派出所的警察叔叔都充滿善意。美麗的女孩依然無助，依然找不到方向，關心青年的心靈導師也無法幫助她在茫茫宇宙間找到一個安身之所。於是，露琪手中這一本《消失的地平線》在此時此地竟然成為道具，標示出無法迴避的虛無。在這樣的章節面前，世間許多驚心動魄的回憶文字都會顯得蒼白無助。

　　第四章和第五章的「我」都是「露琪」的作家朋友「羅朗」。兩個名字都非真名，都是有意或無意地掩蓋真實過往的面具。交往卻是真誠的，似乎有著某種安定下來的可能性，某種擺脫掉過去的陰影、自由呼吸的可能性，某種希望。這兩章的書寫與前面三章之間有著許多經由「輕微接

觸」而產生的漣漪與迴旋。讓我們痛切地了解許多本來應當
發生的事情終於沒有出現的內在原因。我們也終於從那絕然
出乎預期的結局中切實地感覺到了那條深入地心的直線，明
白了我們對於人的無知、無力。

　　與此同時，我們也明白了一個最基本的道理，讀蒙迪
安諾的書，必須關掉電腦、關掉手機、拔掉電話線；放慢
速度，一字一句細細揣摩。十月十七日，Jeff 終於買到一本
法文本*注。自此，他的書房裡悄然無聲。想來，會持續很多
天。

*注：
自二〇一四年底起，美
國重要的報刊便陸續刊
出有關蒙迪安諾的評論
文章。同時，波士頓的
David R. Godine 所 出 版
的《Missing Person》、
《Honeymoon》、《Catherine
Certitude》 以 及 耶 魯 大 學
出版社所出版的 Suspended
Sentences 陸續出現於書市。
二〇一五年初，加州大學
出版社則出版了新譯 Dora
Bruder。

《在青春迷失的咖啡館》
Dans le café de la jeunesse
perdue

Patrick Modiano
王東亮／譯
允晨文化

對馬羅的期待

在生活絕對不如預期的時候，對馬羅的期待是永遠不會落空的。

漫長的冬天終於過去，興致勃勃開車出外郊遊，頭上碧空如洗，路旁繁花似錦，好不容易舒暢起來的心情卻在瞬間被擦撞而來的車子震得粉碎。無比艱難的環境中審慎地做出選擇，意外地發現全盤的考量完全是白費，重打鼓另開張卻面臨著勇氣盡失的徬徨。眼睜睜看著自己無比珍惜的親人、故舊在病痛中、在絕望中、在仇恨中、在怨毒中，一路歪斜，失去原形，已然無法辨識且越走越遠。我們的沮喪無以復加，我們徬徨無主，內心的空洞無從填補。在這種時候，我們渴求一種實在的希望，能夠從我們內心深處冉冉升起，帶來切實的溫暖，使得我們的手腳不再冰冷。

這樣的時候，我會去尋找馬羅，菲力普・馬羅，美國作家瑞蒙・錢德勒親手打造的私家偵探。不同於柯南道爾筆

下福爾摩斯的理性，不同於阿嘉莎・克莉斯蒂筆下白羅的睿智，馬羅的身上有著硬漢的英勇無畏、有著義人的俠骨柔腸，也有著鄰家男人的平易近人。他雖然只有三十幾歲，卻世故極深，不畏懼任何的艱難困苦，用他無限的溫暖來試圖軟化這個正在石化、令人絕望的世界。而這，正是我們需要的，今天我們需要，今後，很可能更加需要。

　　回頭看，將近一百年前，就是二十世紀二〇年代到五〇年代這樣的一個階段，正是美國小說的黃金時代。誰也不會忘記，那時候，我們有福克納和海明威。可是，少讀推理小說的朋友可能不知道我們還有達許・漢米特和錢德勒。很可能，更不清楚在推理世界中曾經有過一個「美國革命」，美國推理小說裡面的精采人物不再帶著老英國或者老歐洲的貴族色彩，他們不再完全地依靠罪案現場的蛛絲馬跡或者犯罪者的行事邏輯來破案。他們沒有被神化，他們活生生地站在我們熟悉的街頭巷尾。馬羅正是其中最偉大者。臺灣文化評論家唐諾先生說，「錢德勒不是想寫一個可供讀者有情感固定投射對象的迷人偵探而已，他是下定決心要打造出一個典型，如米開朗基羅雕塑大衛像。」這樣的評析非同小可，早

已超越諾貝爾文學獎所覆蓋的層面。一九九五年美國推理作家協會請來十多位當代頂尖作家，評選一百五十年來最棒的推理作家、最棒的偵探。評選結果是錢德勒和他打造的馬羅勝出。錢德勒也被貼切地稱為「犯罪小說的桂冠詩人」進入世界文學史。

馬羅自己這樣說，「我是有執照的私家偵探，從事這行頗有一段時間了。我是一匹孤狼，未婚，臨屆中年，而且不富有。我曾經入獄不只一次，我不接離婚案件。我喜歡酒、女人、西洋棋，還有幾樣別的東西。警察不怎麼喜歡我，但是我認識幾個還滿合得來的。我是加州本地人，出生於聖塔羅莎，父母雙亡，沒有兄弟姐妹，有時候會被揍昏在黑巷子裡，這在我這一行，誰都可能碰到，當這種事情發生的時候，沒有人會為我覺得大難臨頭。」

一人偵探社，一間辦公室，收取委託人二十五元一天的微薄費用，沒有祕書。沒有親人，屬於「沒有什麼可以失去的」那種人，完全沒有後顧之憂。馬羅也完全不具備詹姆士‧龐德的優勢，沒有高科技的裝備，更沒有用不完的金錢。他懂得法律與秩序的重要，但是他更知道同情與憐憫是

人類不可或缺的基本素質，無論世界變得怎樣的不可理喻，他的悲憫情懷沒有稍減。他一九三四到一九五八年在洛杉磯開業。錢德勒一九五九年辭世，生前最偉大的作品便是馬羅系列。

這就讓我們想到何以美國犯罪小說會在這個時期走上革命之路。第一次世界大戰的恐怖、二〇年代末的經濟大蕭條、正在進行中的二次大戰的瘋狂殺戮，以及戰後的遍地瘡痍使得人們頓失依靠。依靠的喪失不只是外在生活環境的頹敗，更是內心尊嚴、價值觀、道德觀的分崩離析。人類處於空前的慌亂中。在這樣的時刻，維多利亞式的優雅已然無濟於事，美國犯罪小說作者英勇地直面人生。是的，用英勇來注釋錢德勒的書寫恰如其份，用英勇來形容馬羅這樣一位真正高貴的騎士，也是完全貼切的。

一個金秋十月的上午，馬羅乾乾淨淨整整齊齊走進他的委託人史坦梧將軍的豪宅。準確地說，這位三分之二的人生已經走進棺墓的老人是在一個溫度很高，極為潮溼鬱悶的暖房中接待了馬羅。他坦然相告，他再度被勒索，因之他需要馬羅的服務。同時，他也透露了一些家庭的祕密，大女

兒薇薇安的丈夫不告而別，讓他非常傷心。對於老人而言，「他就是生命的氣息。」這位大個子鬈髮愛爾蘭人，有著一雙哀傷的眼睛，笑容和威夏爾大道一樣的寬闊。而他，就是他，這個婚姻幾乎如同兒戲的男人曾經一天數小時汗流浹背地陪著老人，給老人講故事。他才是老人生命中最後的那顆福星，他忽然地不見了，老人由衷地掛記。

首要任務是解除勒索問題，但是老人背上芒刺不止一根，深諳人情的馬羅立時赴湯蹈火深入險境，施行拔除芒刺的手術，同時小心翼翼不驚嚇到老人。

小說的每一頁都閃閃發亮，每一行都暗藏玄機，馬羅行走其間，十分的仗義，十分的有耐心，完全地不受誘惑，一步步地接近真相。這個菸吸太多酒喝太多的男人全然地不受金錢與美色的左右，勒索事件的排除過程中，教訓壞蛋的同時不忘拉誤入歧途者一把，給人重生的機會。老人女婿神祕失蹤，謎底卻是家庭的悲劇。馬羅做出最為妥善的安頓，他沒有起死回生的法力，但是，他成功地維護了老人殘存的那一點點希望，維護了史坦梧家族殘存的那一點點尊嚴。人都會進入大眠，無人能夠倖免，但是在那之前，馬羅告訴我們

怎樣可能讓處境最為悽慘之人獲得安寧。

我們期待的慰藉往往來自真正悲憫的情懷以及奮不顧身的犧牲精神。

這一次，我重讀了兩遍小說，再讀了唐諾長長的論述，這才闔上書面對窗外雨後的美景，心境怡然。可敬的馬羅是永遠不會令人失望的。感謝錢德勒。

《大眠》
The Big Sleep

Raymond Chandler
許瓊瑩／譯
時報文化

工筆描摹老北京

　　相傳，當年魯迅先生的母親不愛看兒子寫的書，要兒子上街去給自己買張恨水的小說。用今天的話來說，魯迅先生的母親是張恨水的粉絲。張恨水先生是小說大家，小說的背景多是老北京風物，然則，他的粉絲遍及大江南北，浙江紹興的周家老太太完全地不受地域與方言的影響，就是愛看張恨水。這也是沒法子的事情。

　　張恨水一生寫了大量的小說，字數以千萬計。他又是一位極耐得住寂寞的寫家，無黨無派，一輩子的個體戶，在稿紙上精耕細作。恨水先生的書寫十分的傳統，全是章回小說，有人物有情節，曲折生動。然則又是十分的現代，既寫戰爭也寫旅行探險、江湖險惡。他是真正得到市場肯定的小說家，每部書的問世都帶來洛陽紙貴的轟動。三〇年代的中國，稿酬最高的作家便是恨水先生。無論世事怎樣的天翻地覆，無論時代的風雲如何弔詭，永遠的張恨水就是萬千

讀者無可取代的心靈慰藉。何以致此？臺灣學者趙孝萱說得好，「張恨水絕對是二十世紀獨特而另類的現象，除了『好看』，他證明了小說也可以因為『好』而暢銷。那是一種『平易』的好，『扣人心弦』的好。」小說平易近人，寫的就是你我他她，於是貼心。小說扣人心弦，情節高潮迭起，讓讀者沉迷其中手不釋卷。這樣的好，離不開細膩溫婉，離不開人情練達，離不開文字上的工筆描摹。

年輕朋友怯怯地問，恨水先生的書堆起來是一座山，從哪裡開始呢？我連半分鐘也沒有猶豫，張口就說，《夜深沉》。朋友不依不饒連問為什麼。因為一九三六年出版的這部小說是恨水先生重要的代表作，不可不讀。

小說就從老北京的一個大雜院揭開序幕。馬車伕丁二和與失明老母住在這個大雜院的一個跨院裡，靠勞力吃飯的鄰居們晚間便常常聽到賣唱的人們走街串巷，曲牌〈夜深沉〉就這樣進入他們的生活，人人能夠哼得有板有眼。終於，賣唱的女孩王月容走了進來，相見之下，這一段丁王之間的情感糾葛就自然展開了。本來，一切都再也自然不過，月容受到師傅煎逼，二和將她救了出來，領她進了名師楊五爺的

家。不久，月容就登臺演出，成為一名伶人。老北京話說，她就成了一個角兒啦。角兒要想紅起來，是得有人捧的。於是情節就朝向大雜院的善良勞苦者完全無法逆轉的方向滑了下去。二和與朋友們將辛苦換來的一點錢買了戲票，進戲館子去捧場。紈袴子弟宋信生遊戲人間毫不費力，不但捧紅了月容，也憑著巧舌如簧拐騙了她。

　　第十二回，「無術謝慇勤背燈納佩，多方誇富有列寶迎賓」，一開篇恨水先生說了一段話，「孔夫子說過：『唯上智與下愚不移』。這實在不錯！聰明的人是不受誘惑；愚蠢的人是不懂誘惑。至於小聰明的人，明知道誘惑之來，於己無利，其結果，心靈一動，就進了誘惑之網了。」一般來說，恨水先生很少提綱挈領指點迷津，總是讓小說人物各行其是奔向自己的命運。這樣的一段話實在是作者寫給我們大家看的肺腑之言。到了新世紀，這一段話仍然有著警世的作用。在我們的周圍，不受誘惑、不懂誘惑、掉進誘惑之網的各色人等不都還在上演著形形色色的活劇嗎？

　　誘惑與真情之間畢竟天差地遠，二和沒有放棄，在戲

館子外面等月容下了戲，追著她乘坐的人力車，試圖力挽狂瀾。恨水先生這樣寫，「車子轉過了大街，只在小胡同裡走著。這車子的橡皮輪子，微微地發出了一點瑟瑟之聲，在土地上響著。車夫的腳步聲和二和的腳步聲前後應和著。二和抬頭看著天上，半彎月亮掛在人家屋角，西北風在天空裡拂過，似乎把那些零落的星光都帶著有些閃動，心裡真是萬分說不出來的情緒，又覺得是惱，又覺得怨恨。但是，自己緊緊地隨在身後，月容身上的衣香，有一陣沒一陣地同鼻子裡送來，又有教人感到無限的甜蜜滋味」。《夜深沉》的主旋律絲絲入扣，讀者的心揪成一團，無論怎樣天塌地陷，也得目不轉睛地看下去了，可不知這樣的深情能不能阻止悲劇的發生呢。

　　恨水先生沒有手軟，宋信生之後還有趙司令、劉經理這樣的惡勢力，王月容有著小聰明，但是畢竟是愛慕著虛榮的，於是一而再地受騙上當。這裡面有著陰錯陽差，但是更深一層來說，還有著許多的幫兇，他們竭盡全力攀附有錢有勢的惡人欺壓良善，原因只有一個，便是為了錢。恨水先

生借了琴師宋子豪這樣一條蠹蟲的言語行事，深刻細膩地刻劃出這些幫凶是怎樣地羅織出一張網，幫助著為富不仁的劉經理輕鬆得手。人性的黑暗就這樣一層層地被揭示得淋漓盡致。

一方面是對為富不仁者的痛恨與斥伐，一方面是對命運多舛的善良人丁二和的深切同情。有道是「貧賤不能移」，但是，失業、家無隔夜糧、屈死的妻子等著收斂、失明的老母在醫院裡奄奄一息，自尊與志氣在這樣的煎逼之下終於只得妥協。恨水先生剝繭抽絲，讓我們看到「一分錢難倒英雄漢」的萬般無奈。

趙孝萱說，「《夜深沉》最動人的還不是那曲折複雜的情節，而是人物的情感、情致與情緒。」而且，「整部小說的主調就是『夜深沉』三字的感覺，沉重而清冷，深沉而悲涼。」這話有一定的道理，但是沒有說透。〈夜深沉〉這支曲牌來自《霸王別姬》虞姬舞劍那一段，何止悲涼，那是通天徹地的絕望。絕望之下，弱者的掙扎便尤其地撼動人心。

沉重而清冷的是老北京的寒夜。北風呼嘯，胡同裡像

掃過一樣的清冷。前路茫茫的丁二和在暗夜裡聽著禮拜堂噹噹的鐘聲，「漸漸細微至於沒有。這半空裡的雪，被鐘聲一催，更是湧下來。」他站在雪霧裡，收了報仇的心，兩腳踏了積雪，走上了杳無人跡的長巷。將讀者長久地留在那沉重的情致中，回不過神來。

《夜深沉》

張恨水／著
北京人民文學出版社

何時讀尼采

　　二〇一四年的年底，大約是近年來，感覺最無助的一段時間。深深的疲倦讓我幾乎打不起精神來。心裡很明白，這一年完成的這一本書有如學術論文，查閱資料、核實資料的過程漫長而痛苦。不只是精神、體力的損耗，更主要的是心累，伴隨著書寫的完成心裡有一種無法抑制的失落感。到了這樣一個時候，我只能去找書來看，希望某一本書可以幫我走出情緒的低谷。

　　很奇怪的，在堆積如山的新書裡選出幾本，翻看了數頁，就不想繼續了。於是從書堆裡站起身來，在已然上架的書中尋覓老朋友。就在此時此刻，一本深灰色封面的書出現在眼前。忍不住微笑起來，竟然又到了讀尼采的時候了嗎？

　　隨手翻開一頁，正中下懷，尼采說，「睡眠是最好的調節方法」，他還說，當人們一蹶不振的時候，芳香療法、賭博、喝酒、吞維他命、出門旅行都比不上飽餐一頓然後倒頭

大睡，等到睜開眼睛，就能夠發現自己又一次「煥然一新」了。不禁莞爾。那麼就照他所說，好好地吃一頓飯，然後踏踏實實地睡上一覺。甜睡之前，滑進意識裡最後的一個問題竟然是，我有多久沒有這樣善待自己了？有趣的是，我似乎看到了尼采充滿善意的微笑。

這便是讀尼采的好處之一，我們永遠可以與之辯論，永遠可以從尼采的睿智裡延伸出更切合自己實際的想法，也能夠從尼采那裡得到完全意外的結論。

最近有一個極好的例子，一位朋友已經到了「古稀」之年，感覺上自己攬的事情太多，又要照顧家人、又要參加社區活動、又要為好幾個社團服務、還要參加讀書會。在讀書會的活動裡，因為沒有讀完某一本書，參加討論的時候，感覺自己跟不上眾人，心裡懊惱。但是，什麼事情是可以少過問一點，少操一點心，少花一些時間的呢？權衡來權衡去，拿不定主意，事情太多而時間太少，於是打了一個電話給我。聽到她的煩惱，我回答說，如果我們在有限的時間裡想要做一些自己真正喜歡的事情，就要捨棄某些事情。朋友叫道，就是不知該捨棄什麼，好像每一件事情都非得要親

力親為不可。我便安慰她，「放心，在你努力做事的時候，有些事情會自動地離去，就好像枯黃的樹葉會從枝椏上飄落一樣」。朋友聽了，不太相信，疑疑惑惑地掛斷了電話。幾天以後，她又打電話來，說是辭退了一個極其惱人的「工作」，因為那個團體內部長年紛爭不斷，她覺得不值得花費更多的力氣居間救火了，因為「於事無補」。我恭喜她，「如此你便身輕如燕，可以愉快地飛向下一個目標了」。收線之前，朋友謝謝我「睿智」的建議，我笑答，「你要謝謝尼采」。朋友大樂，「原來是尼采，久違了呢。有關枯黃的樹葉自行飄落的一段也是他老人家的原話嗎？」沒錯，來自《愉悅的知識》。

又有一位極用功的朋友，急於讓自己的寫作更上多層樓，欲速則不達。心裡煩躁，逢人便問，怎樣可以在短時間裡學到高超的寫作技巧，迅速幫助自己在寫作上見到好成果。我一直勸慰他，不要著急。希望寫作有比較明顯的進步，首先必須閱讀大量的好作品，閱讀與消化都需要時間，急不得。他便表示，大量閱讀是不可能獲得的奢侈，因為生

活的步調太快，工作太緊張，找不到時間閱讀……。這時候，我便送給他尼采的名言：「要想寫出具有說服力的文章，光是學習寫作技巧是不夠的。要改善自己用文字來表達的能力，不僅要學習寫作的技巧，更重要的是必須改變腦中的思維」。這位朋友從這個提示當中沒有得到幫助。按照尼采的看法，這是一個理解力的問題，當一位喜歡寫作的人不明白改變思維比學習技巧更重要的時候，他想得到更好的成績是相當困難的。

　　一位無話不談的好朋友看我在讀尼采，便問我，何時讀尼采，不致走火入魔？我說任何時間啊，因為尼采從來不期待任何人與他觀點完全相同。我們永遠可以同意或者不同意他的觀點，我們永遠可以在與他的討論中得到學習。朋友便要求我舉個例子來聽聽。我就談到「物以類聚，人以群分」。朋友稱善，本來就是啊，水準接近，觀點接近的人總是比較樂意在一起，而且在一起的時候也比較愉悅。我就舉尼采在《曙光》裡提出的看法：「想法相同的人聚在一起，彼此認同，藉以得到滿足，只會形成一處舒服的封閉空間，

無法催生出新的思想與創意。」朋友正襟危坐，「我從來沒有從這個角度考量，確實的，大家聲氣相通，語境一致。許多事情幾乎無須討論便可以採取行動。大家在一起，舒服慣了，果真沒有什麼新意」。聽她這麼說，我便進一步，「與意見相左且能提升思考的人在一道，有益於進步」。朋友若有所思。

已經是早春三月了，美東大雪紛飛，希望是這個寒冬最後的一場雪。望著長窗外雪霧茫茫，我心平氣和讀尼采。

老人家在《曙光》中勉勵我們，「當技巧已經超越熟練，進入一個更高階段的時候，首先要滴水不漏。工作進行中，沒有片刻的猶疑，看似簡單，其實精準無比」。無論寫作，從事其他工作，甚至待人接物，都是同一個道理。

在《權力意志》中，尼采提綱挈領，「感覺會根據各種程度轉換成精神上的東西，正因為人類一直以來都是將感覺藝術化，才會創造出文化」。

在最為人們所喜愛的《查拉圖斯特拉如是說》裡，尼采一反「兩點之間直線最短」的公理，告訴我們，「所有好事

都需要繞遠路，才能逐漸接近目的地」。果真，日本作家白取春彥走了遠遠的路，編輯了這部《超譯尼采》，俘獲了數百萬日本民眾的心，給了世人隨時隨地各取所需讀尼采的萬千可能性。

《超譯尼采》
超訳ニーチェの言葉

Freidrich Wilhelm Nietzsche
白取春彥／編譯
楊明綺／譯
臺北商周出版

史實的昇華

日前，臺北「網路與書」的出版人郝明義先生在華府舉辦了一場講座，暢談數位出版與傳統紙本書出版的來龍去脈。郝先生用圖表來分析出版的現狀與走向。在他的分析中，我們可以清楚地看到數位化的、娛樂的、遊戲的出版不斷地闢疆拓土，文學的、哲學的、藝術的、紙本的出版不斷縮小著地盤，處於守勢。然則，文字畢竟有著獨特的魅力，絕對不會輕易地退出人類的歷史舞臺。郝先生便談到文學的藝術化、經典化在二十一世紀成為一種積極的趨勢。

文學的藝術化有兩種作法，一種是真正地在插圖與裝禎上下足功夫，使得一部文學作品首先在視覺與觸覺上給人以美感，讓讀者愛不釋手。另外一種則是完全地依靠文字功夫，文字的準確、精妙、優雅、智慧、雋永使得文本超凡入聖，成為藝術品，成為經典。

　　這就讓我想到前不久在華府一個華文寫作工坊的討論
中，一位朋友曾經問到我對歷史小說的看法。在我的心目
中，華文歷史小說的成就不容忽視，優秀的歷史小說真正是
史實的昇華，是歷史的藝術化。優秀的歷史小說也勢必成為
經典，在文學史上留下輝煌。

　　在現代優秀的歷史小說家中，高陽先生成就非凡。他不
但是嚴謹的歷史學家，他更是一位出色的小說家。他筆下的
歷史場景波瀾壯闊，他筆下的歷史人物栩栩如生，其音容笑
貌一一逼真再現，其內心活動蜿蜒曲折，脈絡清晰。閱讀高
陽先生的歷史小說，讀者所獲得的遠遠不只是歷史的啟迪，
更是文學的陶冶。

　　我從未見過高先生，卻是他的忠實讀者。多年前，瘂
弦先生告訴我，在一次文學獎的評審活動中，高陽先生為我
這樣一個陌生的、從未謀面的書寫者的一篇小說仗義直言。
這件事情，讓我深受感動。一九九二年，高陽先生辭世。我
在高雄得到噩耗，專程奔到臺北，送先生一程。在那個肅穆
的告別儀式上，我停留了很長的時間，滿心不捨。之後，一

如既往，不斷地搜尋著高先生著作的各種版本，不斷重複閱讀，獲益良多。

就拿這一本《母子君臣》來說，是臺北皇冠出版社在十七刷之後於二〇〇四年五月出版的典藏版，《慈禧全傳》全書十冊中的第六部，迄今，也近十年了。一直在案頭。

光緒十三年，十七歲的光緒皇帝終於「親政」，一心一意振作朝綱。但是，大清朝真正的當家人並非皇帝。圍繞著這「母子」兩人，朝野上下明爭暗鬥凶險萬分。在這樣雷霆萬鈞的歷史大背景下，高陽先生以寧靜平和之心娓娓道出的卻是在險風惡浪之中人性的錯綜複雜。

沒有序言、沒有後記、甚至連章節都沒有劃分，只是在時間與事件的推移中，用一個簡單的隔行處理做出間隔。全書文氣浩然，飽滿的歷史感貫穿始終，但是每一個小節又十分的精緻，具有撼動讀者心靈的巨大力量。

光緒皇帝是醇親王的兒子，四歲被抱進宮中成為皇儲。他與慈禧並非血緣上的母子。慈禧惟恐醇親王成為實質上的「太上皇」而處處防範，那怕醇親王早以白紙黑字做出「保

證」，慈禧的防範之心仍然毫無鬆懈。

　　醇親王重病，光緒內心急切卻只能託人問候，須得等到慈禧恩准才能探視。高陽先生用兩頁的極短篇幅寫這個催人下淚的探視過程。

　　光緒先到，因為他須得在醇王府外跪接皇太后。榮壽公主是恭親王的女兒，隨侍在慈禧身邊，朝野上下尊稱她大格格。醇親王是她的七叔，她與皇帝情同姊弟。此時此刻，便代醇親王求情，病在床上，不能接駕。萬萬不敢勞動皇太后臨視，然後轉換口氣，請老佛爺就在七叔窗外瞧一瞧吧。慈禧斷然拒絕，一定要進到病人臥房裡面去，很「體卹」地表示，「他不能起床，就不必起來。」

　　醇親王怎麼敢不起來？無奈手足不能動彈，只得勉強穿上袍褂，由兩位侍衛架起來，凌空懸在那裡。

　　高陽先生這樣寫光緒，「跟在慈禧太后後面的皇帝，一見醇王那幅骨瘦如柴，四肢僵硬，目光渙散無神的樣子，便覺得心如刀割；然而他不能不極力忍住眼淚，而且也還不敢避開眼光，必須正視著醇王。」

　　見到兒子，醇王如何？「一樣也是傷心不敢哭，並且要裝出笑容，『臣萬死』他語音不清地說：『腿不聽使喚，竟不能跟皇太后磕頭。』」高陽先生這樣寫道。

　　皇太后開恩，准他們「拉拉手」。此乃旗人的平禮，與請安不同，有著「熟不拘禮」的意思。醇王得此恩典，頗為欣慰。

　　「但是想拉手卻是力不從心，榮壽公主便閃了出來，扶起醇王的手，交到皇帝手裡；父子骨肉之親，就僅此手手相接的片刻了。」高陽先生終於發出了這一聲深長的嘆息。

　　雖然，父子兩人必須要謹守著君臣之間的禮節。雖然，醇王與皇帝身邊布滿了慈禧的眼線。雖然，醇王膽小、軟弱。雖然，光緒一共只有四次探望父親的機會，而且每次探望不會超過一盞茶的時光。然而，醇王畢竟憂戚著祖宗江山的分崩離析，逮到一個閒雜人等聽不到的機會，跟兒子說了最要緊的一句話，「別忘了海軍！」。

　　眾所周知，建設海軍的款項正在用來修建頤和園、萬壽山。到了此時此刻，大清朝已然岌岌可危。醇王滿腹心事、

滿腔委屈。這句要緊的話，等於臨終囑託。

在歷史的大敘事中，我們看到「母子」之間、君臣之間、父子之間、姊弟之間的錯綜複雜，看到各人的作為、心思與情感。史實在如此精采細緻、蕩氣迴腸的書寫中已然得到昇華，成為傳世的藝術品。

《母子君臣》

高陽／著
皇冠出版

老師與學生

　　這位老師是古希臘哲學家亞里斯多德，這位學生則是曾經將希臘版圖擴展至遠東的亞歷山大大帝。老師與學生初次相見的時候，學生還不是大帝，還只是一個敏感、脆弱、好奇心十足的十三歲男孩。他們見面的地點是培拉（Pella），當時，是馬其頓的首都。當年，希臘是一個由若干城邦組成的國家，馬其頓則是王國。當年，雅典人認為亞里斯多德是馬其頓人；馬其頓人認為亞里斯多德是雅典人；亞歷山大則當然是馬其頓人。數千年之後的今天，培拉仍然在希臘版圖之內，希臘人認為亞歷山大是希臘的軍事天才。今天，雖然培拉不在自己的版圖內，馬其頓人仍然認為亞歷山大是馬其頓英雄，無可取代。

　　我曾經在培拉住過幾天，那個地方至今存在的全部意義似乎只是為了一位半人半神的人物，那就是亞歷山大大帝。王宮的地面由黑白相間的鵝卵石鋪就，到處是象徵馬其頓的

六角形圖案。驚訝著這些千年不壞的馬賽克地面被保存得這樣完美，我用手輕撫著光潔的石子，想像著幼兒期的亞歷山大在這美麗的鵝卵石上蹣跚學步。王宮已然傾頹，圍牆上卻高高地懸掛著亞歷山大曾經使用過的盾牌，這些傷痕累累的盾牌清楚告訴後人，亞歷山大的輝煌絕非神話與傳說。

如此這般，當我打開這本書的時候，作者里昂對培拉的描述一下子將我帶回那黑白相間的馬賽克地面，古希臘、古代馬其頓的輝煌與血腥撲面而來，但亞里斯多德要展示給他的學生的卻是本質灰色的現實人生以及金色的處置之道，平衡與中庸。

亞里斯多德來到培拉只是為老友馬其頓國王腓利帶來一封信，卻給了亞歷山大觀察他的機會。不能忘情寫作的亞里斯多德從一開始就沒有掩飾自己的悲劇性格，將自己內心常常湧起的黑暗暴露在這個聰慧的男孩子面前；男孩的母親有著瘋狂的野心，在她的陰影下長大的這個男孩子似乎天生嗜血的表現讓哲學家看到了他身上隱伏的悲劇因子。亞里斯多德是實證主義者，他習慣於進入事情的內部、側面、背後，看到常人見不到的東西。而將來要做國王的亞歷山大喜歡終

於能夠在一個人的面前表現出自己真實的一面，而非「演戲」。於是這位學生選擇了這樣一位老師。

腓利下意識地逗弄兒子，帶來了一匹烈馬，問兒子敢不敢騎。亞歷山大拉住韁繩，讓馬兒面對驕陽，被陽光刺得目眩神迷，十三歲少年輕鬆跨上馬背。亞里斯多德不能忘懷亞歷山大從高高的馬背上俯瞰父親的神情。這神情讓哲學家心驚，這樣的一個契機，使得老師選擇了這個獨特的學生，在學生展開征服的霸業之前。

亞里斯多德的父親曾經是腓利父親的御醫，世代相傳的交情使得亞里斯多德能夠近距離地看到一位國王的養成，這位御醫為兒子選擇的老師卻是一位酗酒的戲劇家。這樣的一段師生因緣牽連出來的不僅是歷史、文學、幾何、天文學，不僅是柏拉圖同希羅多德，而且是對雅典的嚮往。而眼下，十三歲男孩成為亞里斯多德針對人類的一個計劃、一個問題、一個測試、一項託付。老師進入人生的豪賭，以當下為跳板，下一站應當是雅典學院，少年亞里斯多德曾在那裡學習。柏拉圖追求的是完美，完美是一種極端，亞里斯多德尋求平衡點，因之傾向於妥協。

亞歷山大需要的卻是愛，而不是他早已熟悉的人際之間的利用與占有。

老師的唯物史觀使得他喜歡將糾結的事物梳理開來，抽絲剝繭，從混亂中奪回秩序。學生在一對一的課程中全神貫注，不斷提問，毫不掩飾他的憤怒、好奇、自大、迷人、積極，以及他對遙遠東方的嚮往，「我要去那裡。」是他堅定的結語。老師卻憂心忡忡，擔心著亞歷山大最終仍然是一齣悲劇。老師提醒學生，「你可以用征服來使得自己的世界變大，但是，在那個過程裡，你一定會失去一些東西，一些至為珍貴的東西。事實上，無需征服，你也可以學習……。」但是學生自有定見，老師未能說服學生。

馬其頓的宮廷同世界上任何的宮廷一樣充滿了陰謀、暴力、暗潮洶湧。就在這樣複雜的環境裡，師生一道度過了曲曲折折的一段歲月，少年亞歷山大成長為身先士卒的統帥，在父親遇刺身亡之後，開始了完全屬於他自己的霸業，指揮著馬其頓大軍攻城掠地。

小說家里昂做了一件讓歷史學家臉色發綠的事情，她把這一對師生帶進了戰場，從解剖變色龍到解剖一具戰死兵

士的屍體，世界上還有什麼地方更適合展示哲學家、生物學家、醫生、實證主義的忠實信徒亞里斯多德的內心世界？同時，世界上還有什麼樣的地方比戰場更適合於亞歷山大？只有在戰場上，我們才能聽到這位戰神複雜而悲戚的內心獨白。如此橋段，雖然不是歷史，卻是這部歷史小說將歷史人物帶進現代舞臺現身說法最為貼切、最為迷人之處。

世間沒有不散的筵席。就在亞歷山大東進的前夕，亞里斯多德要走了，他會在雅典開設自己的學校，靜靜地度過他最後的學術生涯，成為一部活著的「百科全書」。此時此刻，亞歷山大自稱是老師的「孩子」，懇求老師同自己一道遠征波斯。亞歷山大不但敬重老師，敬重老師的研究，他也愛著老師，遠勝對父母的情感。

然則，雖然他們有著許多共同點，老師畢竟不同，他將在安靜的書齋裡，「漂流到世界更遠的地方」；而亞歷山大，他的學生「則會進攻到每張地圖的盡頭，掉進他自己這口井的更深處。」

「永遠不要害怕進入一段無法立刻看到出口的辯證。」哲學家在年輕的亞歷山大死後二度離開雅典，在馬其頓駐軍

地壽終正寢。

亞歷山大從遠東折返馬其頓的途中,在巴比倫服食過多的藜蘆而中毒身亡。刀劍之傷帶來無法止歇的疼痛,兩千多年以前,毒性極強的藜蘆是正宗止痛劑。

我闔上書本,望著後院裡大雪過後妊紫嫣紅的藜蘆,內心淒楚,若是老師更愛學生一點,留在軍中,身為生物學家,或許能夠掌握恰到好處的劑量,歷史豈不是會改觀嗎?然則,情感與理性孰輕孰重,這樣一個問題在兩三千年之後仍然無解,亞歷山大的悲劇也就沒有落幕的時候。

《我的學生亞歷山大》
The Golden Mean

Annabel Lyon
李淑珺/譯
野人文化

表象與實質

　　當今世界，高科技當道。連一向被認為是手工業的書寫與出版也變得十分的便利起來。許多熱愛創作的男女老少走進一家印刷店，便可以通過電腦而非編輯將自己的書寫連同繪畫或者攝影變成一本美麗的書。於是，美國《時代週刊》每週便可以收到一百五十本新書，包括來自專業出版社與個人出版。在一個月裡，能夠被仔細閱讀被寫出書評並且刊登在週刊上的則不會超過二十本。這些被認真地精挑細選出來的書，便廣受矚目，它們通常也會很快地得到閱讀市場的肯定，長銷不衰。

　　強納森‧法蘭岑的小說不但中選，而且這位作者被《時代週刊》譽為當代偉大的美國小說家。這位居住在紐約，行事低調的小說家究竟在走著怎樣的一條路，他的小說又有著怎樣的特別之處，自然會引發我們無盡的好奇心。

　　眾所周知，海明威與費茲傑羅的時代早已一去不復返

了。在他們的時代，小說家的名字響徹雲霄，熱情的「粉絲」們趨之若鶩。現如今，如果一位小說家寄善款給紅十字會希望幫助珊迪颶風的受害者，電話線那頭會傳來工作人員甜美的問話，希望知道這位善心人士的職業，以便登記在案。小說家若是坦然相告。電話線那頭便會沉吟半晌，「真抱歉，我們的職業欄目裡沒有寫手、也沒有小說家，您的工作是不是接近一個別的職業名稱呢，比方說大學教授、報紙編輯、媒體記者之類的？」所以，法蘭岑說，他是「萬般無奈淪落成一個以寫小說維生的人。」但是，他確實寫出了名堂，他的辦法是回歸，讓小說回歸更有人性更傳統的層面。這更有人性更傳統的書寫正是海明威的基本風格，是透過表象深入實質的無窮探究。在這個無窮盡的探究過程中，法蘭岑曝露他的心聲，作家個人的本質才是創造衝突的根源。一語中的，我們在閱讀的過程中不但明白了法蘭岑的創作理念，我們也明白了世界各地許許多多的書寫者，明白了他們與其創作之間最根本的關聯。

　　《修正》這本法蘭岑在二〇〇一年出版的書，距離他前一本大敘事小說《強震》的完成有十年的光景。但是，法蘭

岑是一個早熟的孩子，寫第一本書的時候他十三歲，寫第二本書的時候他十八歲。在完成《修正》之前丟掉三、四份手稿，因為不盡滿意、因為並未達到預期的結果。在完成《修正》之後又一個十年，法蘭岑推出《自由》，大受讚譽。於是，我們看到一位作者須得艱難跋涉十年才能豎立起一座高峰的事實。

在《修正》之前，法蘭岑的書寫將個人的家庭故事與所處的社會現實緊密相連，並且將外在的情節繁複的敘事最終聚焦在家庭。在《修正》中，外力不再是無法抗拒的，小說通過內在驅力與沉重的焦慮來顯示外力的衝擊。我們可以說，法蘭岑不但是托瑪斯・品欽（Thomas Pynchon）的優秀傳人，而且，正如他自己所說的，男孩子盡可邁開大步四處冒險，但是到了某個程度，他會厭倦現狀，他會選擇回到家鄉，選擇用福克納那支細膩之筆去描寫某一個家庭。然則，時勢比人強，今天的時代是瞬息萬變的、是多元的。一個家庭的版圖再也不是一張郵票般的大小，而是整個世界的縮影。於是這個家庭便航行在波濤起伏的海洋之上，無法安寧。內在焦慮與外力衝擊構成緊密繁複的情節，書中人物勉

力施為，力求修正，力求回到自己嚮往的軌道，一系列衝突
於焉展開。我們便看到了、感覺到了我們身邊的風景，那樣
的貼切，那樣的真實，那樣的絲絲入扣，那樣的令人信服，
那樣的感同身受。

　　同時，被修正的是作者本人。法蘭岑是晚來子，
一九五九年出生在美國中西部的伊利諾州，從小便與長輩們
一起生活，接觸的也都是長輩的朋友們，一方面是熟習著戰
前那一代美國人的思想與觀念，另一方面，因為周遭都是成
功的成年人，於是根深蒂固地「自覺渺小」，盼望著以凡事
知曉來增強自己的自信心，但是終於明白，自己執著的書寫
完全不能改變世界。甚至，世界正在越來越漠視個人的存
在。於是，小說家不斷調整自己，更加努力於寫出更加不一
樣的作品。法蘭岑體悟到，小說的現實處境越是艱難，優質
小說、高格調小說、充分展示作者才華的小說，越是容易出
線，越是會受到矚目。在文學的世界裡，艱難的時代正是英
雄輩出的時代，也是一座座文學孤峰悄然矗立的時代。於
是，我們沒有看到海明威第二，沒有看到品欽第二，我們看
到了法蘭岑第一。

　　多年來，「苦難就是藝術創作的素材」、「小說家因遭受衝突與折磨而更富有創作靈感」一類的說法已經是老生常談。但是，我們從法蘭岑的生活與寫作中卻得到完全不一樣的概念。他出生的中西部與他居住的紐約市之間幾乎是失語的，無法對話的。在這種狀態中，他以回憶與體驗來支撐寫作。於是我們在小說裡看到在藍博特家庭中，在熱熱鬧鬧的表象下，實質存在著的住在中西部聖猶達的老年父母與他們住在紐約和費城的子女之間那種無愛的疏離，無盡的折磨、愧疚，以及無所不在的罪惡感。更深邃的是距離，不是幾十幾百公里的距離，不是美洲與歐洲之間的距離，而是住在同一個屋頂之下的兩個人，同床共枕四十餘年的兩個人卻好像生活在不同的宇宙裡，其距離須以光年計算。這是生活的實景，卻也是眾多寫手們不忍、不願、不能去碰觸的。法蘭岑不做如是想，越是旁人規避的題材他越是要深入探究，而且寫得有血有肉，刀刀見骨。更卓越的便是，這回憶與體驗，這與過往對話的過程彰顯了半個世紀以來美國社會政治、經濟、科學與文化的層層演變。完全是逆向操作。從這個角度來看，《修正》稱得上是一部真正意義上的大河小說，同

時，它又非常「好讀」，我們被強烈吸引，在巨大數量的「瑣瑣碎碎」中手不釋卷，不眠不休，一直讀到最後一個字。毫無疑問，正如香港作家鍾曉陽所說，《修正》是小說家法蘭岑的絕地大反攻，在網路稱霸、影像稱雄的時代，為文學書寫扳回了切切實實的一城。

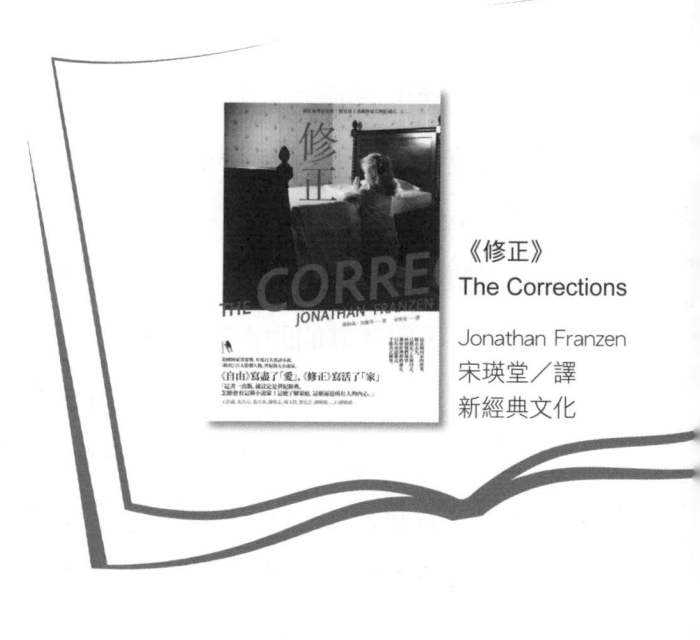

《修正》
The Corrections

Jonathan Franzen
宋瑛堂／譯
新經典文化

活著，是何等的神聖莊嚴

　　人類歷史上的大遷徙有著多種複雜的原因。很多人以為只有遠距離的從地球的一端遷移到另外一端才算是連根拔起。其實，在美國中西部就有過這樣的遷徙，時間也不算久遠，只不過是二十世紀三〇年代的事情。一九六二年獲得諾貝爾文學獎的美國作家約翰・史坦貝克於一九三九年出版的長篇小說《憤怒的葡萄》所記敘的正是一次歷時數年的遷徙。數十萬失去家園失去土地的農人從奧克拉荷馬、阿肯色、德克薩斯奔向加州，那個「綠蔭遮地、處處果香、小小的白房子座落其間的人間天堂」。

　　這一次大遷徙的理由不是為了生活得更好、更自由、更舒適，而是為了活下去。有東西吃、存活、延續生命是唯一目的的遷徙從一開始就充滿了悲壯的色彩，但是，生命本身卻在身無分文、飢餓、骯髒、疾病、死亡的折磨中煥發異彩，展示出神聖莊嚴的本質。

　　當橫跨東西的六十六號公路上擠滿了破破爛爛的車子，骨瘦如柴、衣衫襤褸的男女老少擠坐在這些車子上，臉上滿是堅毅的表情，風餐露宿，直奔西方的時候，人們不禁要問，到底發生了什麼事情，他們為什麼要背井離鄉奔向一個未知的「將來」？

　　當狂烈而持久的沙塵暴摧毀了玉米田，當微薄的收入已經不夠維持生活，世世代代在自己的四十畝土地上辛勤耕耘的農夫只得向銀行借貸。當他們無力償還的時候，銀行收走了他們的土地，土地被兼併了，巨大的農業機械不但把一塊塊農田變成了望不到邊的巨大耕地，而且推倒了本來散布其上的小小的簡樸農舍。轉瞬間，相依為命的土地不再屬於自己，遮風避雨的家園也變成了廢墟。農夫的手裡只有一張張橘黃色的傳單以及加州果園美麗的照片。傳單上寫著，美麗的加州有著大量的工作機會。舉家西遷就在這種情勢下成為唯一的選擇。

　　極其痛苦的選擇不僅是與家園、土地的訣別，也是與耕馬、耕牛的訣別，跟鋤頭、犁具的訣別，跟家具什物的訣別。買主們知道農夫非賣掉牠（它）們不可，因此拚命殺

價。

於是那訣別換來的只是微乎其微的盤纏。白天集市上的傷痛沉重地壓在心底，出發的前夜還不得不將曾經那麼珍貴的家信、照片，保存著童年記憶的玩偶等等等等投進最後的爐火，化為灰燼。從此以後，上了路的一家人連一件保留家族記憶的實物都沒有了。他們除了勇往直前，再也沒有另外一條路可走。

在這數十萬西遷的家庭裡有一家人，姓裘德。祖父、祖母、老爹、老媽、四個兒子兩個女兒、女婿、老爹的兄弟，以及一位曾經擔任過牧師的朋友凱西，總共十三個人擠上用七十五元買來的一輛老爺車改裝成的小貨車，驚險萬狀地上路了，加入了西行的洪流。

連根拔起的苦楚在出發的第一天就奪去了祖父的生命。抵達加州尚未進入沙漠的時候，在酷熱中，祖母去世了。凱西雖然不再是牧師，還是為兩位老人做了臨終禱告，使得這個家庭沒有在顛沛流離中，在死亡的襲擊中失去一切精神的奧援。

越過沙漠、翻過山嶺，綠色的谷地、花果飄香的平川，

座落其間的白色小房子從照片上走了下來。天堂般的美景終
於真實地展現在面前了。多麼希望沿路走來的苦難在這裡終
結。準備以勞力換取溫飽、準備吃苦，準備負重如牛，準備
做任何工作的這一家人又加入了尋找工作的遊民隊伍。

照片上的美景是真實的，橘黃色的傳單卻是陷阱。當果
園需要兩百個工人採收的時候，每箱桃子的採收需要付費五
毛錢。但是，當拿著傳單的上千人湧到，這些人飢腸轆轆，
身邊還有嗷嗷待哺的幼兒，任何低廉的薪資都變成了活命錢
的時候，每箱桃子的採收只需要付費兩毛五。而且，季節性
的採收很快就結束了，人們再次東奔西跑尋找工作機會。裘
德家一個兒子悄然離開了，女婿丟下懷孕的妻子逃離了，凱
西在坦然面對本地人凶暴的驅離時被打死了，奮起反抗的大
兒子為了逃避追捕而不得不離開了。另外一個兒子準備與另
外一個遊民家庭的女兒結婚，也要走了。裘德家西行的人們
將只剩下六個人了，其中還有一位待產的孕婦。就在這種情
勢下，一直照顧著全家人的老媽成為這個家庭的中流砥柱。
在極為險惡的生存搏鬥中，她保持著善良的本性，自己已經
很難餵飽家裡饑餓的人們，她卻把鍋裡的飯菜分給萍水相逢

的饑民。

　　加州的小果農們培養和發展了加州優質的水果，但是小本經營還是抵擋不住大公司的圍剿，他們付不起已經低廉到無法想像的採收費用，他們連一毛錢也付不起，只有任憑水果爛掉。幾十萬饑民在尋找食物，而為了維護高昂的利潤，加州的水果、蔬菜、肉品、奶製品竟然在大公司的操縱下處於腐爛中。這是何等荒謬的現實。在小說的第二十五章，滿心人道關懷的小說家鞭辟入裡提出了最為沉痛的事實，「小果農有能力提高水果的質量與產量，他們卻沒有能力創造出一種體制，讓餓肚子的人們吃到他們種出來的水果。這樣的挫敗遍布全加州，那是加州最深沉的悲哀。這種極度深沉的悲哀，流淚不足以宣洩。這種巨大的挫敗淹沒了艱辛勞作的成就，點燃起饑餓的人們眼中的怒火。在他們的心中，滋生起憤怒的葡萄，越來越茂盛，遍布大地，如野火燎原。」

　　雨季到了，洪水氾濫，上無片瓦、下無立錐之地的裘德一家人已經走到了絕境。車子泡了水再也無法發動、身無分文、沒有食物。就在這樣的絕境中，老媽和剛剛生產的大女兒卻用奶水救助著一個眼看就要餓死了的遊民……。

　　小說在這裡終卷，給我們留下無盡的思考。那悲慘而壯烈的結尾，在這漫長的歲月裡燁燁閃亮，生命本身的神聖莊嚴帶給了億萬讀者活下去的勇氣和希望，無論面對的是地獄還是天堂，我們都不會退卻，勇往直前是我們唯一的選擇。

《憤怒的葡萄》
The Grapes of Wrath

John Steinbeck
陳宗琛／譯
春天出版國際

被我們輕忽的事

車諾比

　　人類的文學語言在面對這三個字的時候，全然失色，蒼白而無力。我無法在這三個字的前面加以描述，也無法在這三個字的後面加以詮釋。

　　車諾比究竟是什麼？三十年的時間過去了，世間沒有人能夠完整、準確、清晰地做出說明。有科學家黯然表示，從車諾比溢出的物質大約需要十億年的光陰才能被「消化」掉。十億年？這是怎樣的概念，人們並不清楚。溢出的物質究竟是什麼，它們已經到了哪裡，以及將被誰或什麼消化掉，其過程如何，大家也都茫茫然。

　　這就是為什麼白俄羅斯作家斯維拉娜・亞歷塞維奇在這本書裡沒有表達她個人的任何見解，直接由「車諾比人」發聲的根本緣故。但是，在〈後記〉裡，作者還是說出了她的心聲，「我看遍了他人的痛苦，但在這裡我也跟他們同樣是見證人，這個事件是我人生的一部分，我就活在其中。」

人口一千萬的白俄羅斯沒有核電廠，前蘇聯有三座核電廠最接近白俄羅斯，全部使用蘇聯自行設計的舊式石墨水冷型反應器，其中，位於南部的便是烏克蘭境內的車諾比。一九八六年四月二十六日，凌晨一時二十三分五十八秒，一連串爆炸震碎車諾比存放燃料棒的四號反應爐，釋放出五千萬居里的放射核素到大氣中，其中百分之七十降落在白俄羅斯，使得該國百分之二十三的土地遭到鈷一三七的汙染，輻射量超過每平方公里一居里，兩千四百公頃的土地永遠無法再耕作。具體來說，此一核災使得白俄羅斯失去四百八十五座村莊與居住地，其中七十座村莊永埋地底。今天，五分之一白俄羅斯人生活在被輻射汙染的地區，他們的總數是二百一十萬人，其中有七十萬名兒童。受害最深的哥麥爾和莫基列夫地區，死亡率高出出生率百分之二十。白俄羅斯遍布森林，百分之二十六的林地以及普利波特、聶伯、索日三條河周圍溼地遭受汙染，永久存在的低劑量輻射導致罹患癌症、智力不足、神經系統疾病以及遺傳突變的人口逐年增加。

一九八六年四月二十九日，高劑量輻射抵達波蘭、德

國、奧地利和羅馬尼亞。四月三十日，抵達瑞士和義大利北部。五月一日、二日抵達法國、比利時、荷蘭、英國、希臘北部和日本。五月三日抵達以色列、科威特、土耳其。五月六日，抵達印度、美國和加拿大。至此，輻射粒子飄散全球。

　　一位化學工程師告訴作者，核災之後他被徵召到明斯克去「度過二十五天」，到了地方才知道，將被派到車諾比六個月。這時候，他才開始想，輻射到底是什麼？答案是「沒有人知道」。教科書是三十年前的舊資料，告訴人們五十侖琴是致死劑量、發生核爆時應當撲倒在地以避免衝擊波，以及什麼是放射線與輻射熱能，卻沒有一個字提到最危險的輻射汙染。這位工程師與上千的同伴們在攝氏三十度的氣溫下赤手空拳拿著鏟子，負責挖掘被汙染的泥土，把幾百公里的地表捲起來丟入大坑。三個月之後，他們才拿到輻射測量器，這才發現，他們聚居的帳篷裡的輻射量比他們剷除的草皮的輻射量還要高。工程師詼諧地表示，原來回歸泥土是這樣簡單的一件事情。

　　雖然，戈爾巴喬夫曾經告訴人民，火災已經被撲滅，一

切都在掌控中。雖然前蘇聯政府竭力隱瞞真相，但是畢竟有人知道，就在那一瞬間，世界已經發生了改變。前白俄羅斯國家科學院核能研究所主任在核爆發生的同時，馬上想到危機已經來臨，第一件事就是打電話給妻子，採取措施預防汙染。但是政府比他動作快，所有的電話都被監聽了。同事們也都緊閉嘴巴，不出聲，不跟政府對抗。主任回到家，發現同是科學家的妻子已經從那通語焉不詳的電話裡獲得訊息，已經採取了防範措施，於是拿出電話簿打電話給所有認識的人，報告險情。但是並沒有太多人相信。一位核子物理學家居然來電說正準備帶著全家去哥麥爾度假，那地方距離車諾比一箭之遙，主任對著電話大吼大叫，朋友這才猶猶豫豫地放棄度假計畫。主任跟作者說，前蘇聯曾經有一個迷信物理的時代，核子物理學家是菁英人士，神祕而浪漫，即使車諾比爆炸了，其核爆狀況同美國科學家早已在書中描寫過的並無不同，這種迷信仍然需要很長的時間才能打破。一個任何事情都是機密的社會是迷信的溫床。但是，車諾比畢竟打破了迷信，結束了這樣一個屬於物理的時代。不僅如此，車諾比使得人們深刻質疑蘇聯政治制度的欺騙性，一九九一年蘇

聯解體，車諾比是重要的肇因。但是蘇聯解體以後的世界仍然在承受著核災帶來的悲慘荼毒。

打破迷信，普通百姓付出的是慘重的代價。為了「穩定人心」可以防範的卻沒有採取正確的防範措施。奮不顧身清洗反應爐屋頂的人們穿著普通的靴子，無嗅無味、看不見摸不著的輻射卻來自腳下。他們離開車諾比之後，飽受汙染的身體開始發生變化，渾身是傷口、鼻歪眼斜、五臟六腑化作血水從口鼻噴湧而出，死狀恐怖。他們的妻子懷上了先天畸形、先天失智、先天病弱的孩子。遭受汙染的成人一個個、一批批地死去。孩子們都知道自己不會活著長大，他們親眼看著自己的玩伴一個接一個死去，憂鬱地等待著輪到自己的那一天。

車諾比嚴重汙染地區的各種設施被草草掩埋，卻被悄悄搬走、被轉賣，不知所終。被廢棄的村舍、住家，主人被撤離了，房內物品卻被洗劫一空，被轉賣，不知所終。這些物品上所附著的輻射粒子去了哪裡？會帶來怎樣的後果，無人知曉。斯維拉娜寫這本書的時候是二〇〇五年。當時，這塊被廢棄的土地已經湧進了大量的難民，他們來自亞美尼亞、

喬治亞、阿布哈茲、車臣、塔吉克等地。他們為了躲避槍砲子彈的追殺而來到這個土地、水、空氣都能致命的地方，成為新的車諾比人。

被迫在西歐流浪的斯維拉娜・亞歷塞維奇以優美的俄文書寫，卻不能在祖國白俄羅斯出版，作品被譯成英、法、義、德、瑞典、中文等多種文本，廣泛流傳。她是二○一五年諾貝爾文學獎得主，因其「複調式作品，堪稱我們的時代受難和勇氣的紀念碑」而獲獎。

紀念碑之一是車諾比。

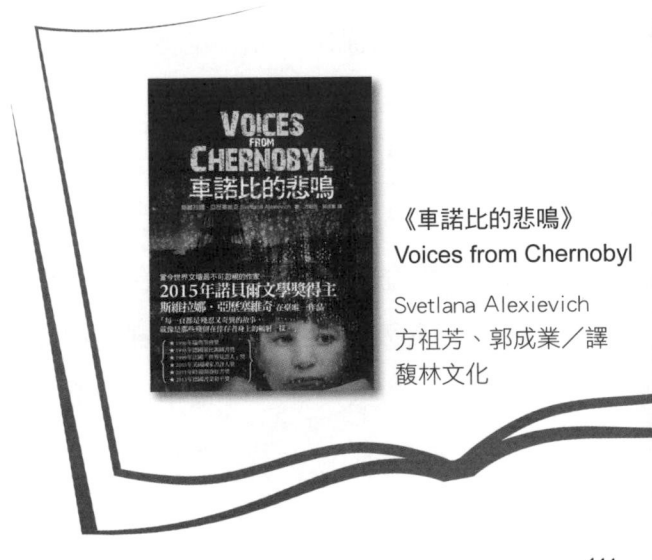

《車諾比的悲鳴》
Voices from Chernobyl

Svetlana Alexievich
方祖芳、郭成業／譯
馥林文化

攀登天堂的階梯

　　這是一本沒有「故事」的書，我們在其中找不到任何驚悚的、意外的、感傷的、令人心跳加速的情節。但是一八五四年這本書首次出版以來，其影響卻日漸深遠。二十世紀六〇年代，這本書更成為許多讀者的精神家園，讓成千上萬在世間徬徨無依的人了解到人類與自然之間真正有益的關係。許多人苦於生計，在惶惶然的奔波忙碌之中，讓生命痛苦地流逝，這本書讓他們重回儉樸重拾快樂。到了一九八五年，《美國遺產》評選出十本「構成美國人性格的書」，這本書名列榜首，被稱為「現代社會的綠色聖經」。作者亨利・大衛・梭羅成為美國文化的偶像，《湖濱散記》則成為攀登天堂的階梯，帶給世人無窮盡的希望。

　　當直徑一千英哩的珊迪颶風撲向美東，直撲紐約，直撲新澤西，帶來災難、帶來不便、帶來困窘與疑惑的時候，在

朔風怒號聲中，在燭光下再次展讀這本書，步步走出焦灼，
神思恢復清明。

　　出生在波士頓附近康克特的梭羅，一八三七年畢業於
哈佛大學，那一年他二十歲。教了四年書以後，他做出了一
個重大的決定。正如他覺察到的，「一個人如何看待自己，
這決定了，或者換句話說，指明了他的命運。」在他的意識
裡，精神世界的豐饒比物質世界的豐足重要得多，他需要有
自省的時間與空間。於是，正當他的同齡人忙著創造財富，
忙著構築一個更加富足的生活方式，沉迷於華服、美食、豪
宅之際，梭羅用很少的資金在華爾騰湖畔的樹林裡購置了一
小塊土地。他拎著一把很鈍的斧子，開始建造一棟小木屋。
極少的錢，換取了人家棄置的木棚，拆下木板營造自家居所
的牆壁，在嚴冬來臨之前，為這個居所抹上灰泥。也是別的
人家棄置的磚頭成為他的壁爐材料，樹林裡的枯枝則變成了
燃料。他也用鏟子掘了一口井，井中湧出清冽的泉水。湖中
有魚，偶爾，他會去釣一條魚，換換口味。多半的時候，
他只是看著魚兒在水中遨游，感覺愉快。就這樣，他住了下

來，住得乾淨、整潔、溫暖、舒適。當然是沒有電力的。似乎，他也並不需要。他早已開始寫作，當然，他也不需要電腦，連打字機也沒有看他提起，想來和莎士比亞一樣，紙和筆和墨水就是創作所需要的工具了。

　　沒有任何必要奔到超級市場去購買食品，梭羅在林間空地上種植豆子、馬鈴薯，與印地安人互通有無換取一些玉米粉，自己烘製麵包。草地上繁茂的香草成了絕佳的調料，隨處可以採摘的漿果、樹上的野生蘋果和櫻桃提供了美味的甜食。居所周圍的栗子樹還提供比麵包更好吃的栗子，供他在冬天溫暖的壁爐前享用。他決不指望以農產品發財致富，不喝咖啡不喝茶不需要牛奶少吃鮮肉的生活方式使得他頗為「悠閒」。梭羅對食物的要求一點也不繁複，所以他完全不需要在農地上拚命勞作，每天一兩個小時就很好了。餘暇的時間，他讀書、思考。更多的時間，他觀察，觀察的對象不僅僅是周遭秀美的自然景觀，也包括他自己。思想的火花在靜謐中不斷閃亮，東方與西方的哲學思想在這樣儉樸的生活中大放異彩。這本書清晰地記錄了他思考的脈絡，讓我們跟

著梭羅的思緒昇華到一個前所未有的高度。

　　華爾騰湖在那個時候是非常自然、非常美麗的，還沒有
太多的人在那附近濫砍濫伐。年復一年，湖水利用水位的漲
落「清理」著湖畔的雜木，保持著湖水的潔淨、豐饒。每時
每刻，一年四季，這個湖向梭羅展示著她的方方面面，讓這
個年輕人深深地愛上了她。甚至，她湖底細細的白砂也被梭
羅製成了灰泥，抹到了屋牆上，她小小的圓石也被梭羅用來
鑲嵌爐灶。梭羅所看到的華爾騰湖不是當年的遊客們能夠看
到的，更不是今天的遊客所能看到的。因為他生活在湖的懷
抱裡，他熱愛這個湖的千般景致，小心翼翼地維護著她的潔
淨。老實說，當鐵路建築起來，栗子樹都被枕木所取代的今
天，華爾騰湖的卓越風姿只留在了一個地方，那就是梭羅的
這本書。年輕的哈佛畢業生用他熾熱的情感、細膩的文筆忠
誠地記錄了這個湖曾經有過的萬般美好。

　　那樣清新的風，那樣迷人的晨霧，那樣繽紛的鮮花、樹
影，那樣皎潔的月色、燦爛的繁星、溫柔的陽光，似乎都在
妝點著這個湖，讓她擁有著瞬息萬變的風貌。

　　人們說到這位年輕人的生活，總是使用著「離群索居」、「原始」之類的字眼。但是，他是多麼愉快地享受著他所擁有的「孤獨」，得到常人無法想像的「娛樂」啊。樹林裡有著無數美妙的聲音，不同的鳥類鳴囀出的樂音讓梭羅的心境無比歡暢。水鳥在湖面上狡黠的遊戲令他驚異。狐狸與野兔演出的活劇讓他深思，讓他警惕。他觀察螞蟻之間的戰爭，紅螞蟻與黑螞蟻兩大兵團的鏖戰驚心動魄，那種為了某一個必須為之奮鬥的目的而發生的頑強戰鬥，那種捨生忘死的近身搏鬥在人類的世界裡也是極為少見的。梭羅詳細地描述出這樣一場幾乎沒有什麼人見過以及描述過的戰爭，他所受到的震動是異乎尋常的⋯⋯。

　　在林中小屋居住的兩年裡，梭羅從來沒有鎖過門。路過此地的人自由自在到這所小屋裡躲避暴風雨、找一杯水喝、在爐邊取暖、歇息，無論梭羅是否在家。踏青的人們也常來，有的時候，這小屋裡竟然擠著一、二十人，他們帶來了人間的氣息，無數的新聞、大量的小道消息。於是，梭羅傾聽著人間悲喜劇，感受著人類身受的精神重壓，思索著解救

之道……。他得出結論，「倘若一個人信心滿懷地朝他夢想的方向前進，努力過上他想像的那種生活，那他會在平常的時光裡獲得意外的成功。他會把一些東西拋在身後，會越過一條看不見的界線；四海皆通的更高的法則會圍繞他建立，在他內心建立起來。」

　　生活越是簡單化，宇宙的法則越會刪繁就簡。梭羅的實驗便是明證，而那攀登天堂的階梯就在我們的手邊。

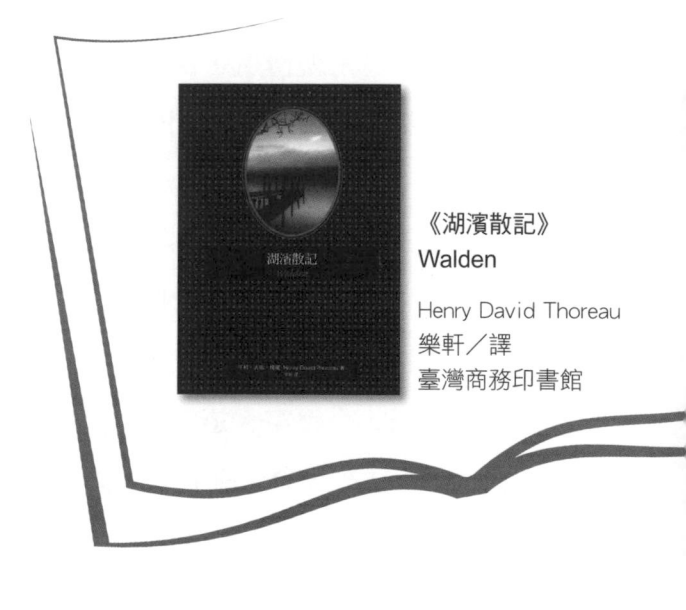

《湖濱散記》
Walden

Henry David Thoreau
樂軒／譯
臺灣商務印書館

一縷清風

　　華府世界書局的余經理笑說，今天剛剛到的一本書，居然被你找到了。那是沒有疑問的，因為那是蔡素芬的新書，一本我還沒有看過的書，而這位作家是海的女兒，看到這本《海邊》已經怦然心動，自然是要收藏的。

　　翻開書本，馬上發現，這是一部大大不凡的書寫。這一次，作者化身一縷清風，深情凝視她的故鄉，她的親人，她的海洋，以及在海邊，人們留下的深深足印，其中也有她自己的，無可消磨。

　　猶記得，我曾經與素芬談到她的《鹽田兒女》，她望向窗外，「很辛苦的……」眼神裡的痛惜讓我無法忘懷。但是，素芬是溫柔、沉靜的女子，絕少形於色的。她是用文字來表達情感的小說家。這一次，她極有氣魄地開創新局，以大寫意的手法來描摹一種存在，讓我們由衷讚嘆。

　　這部長篇小說需要的是細心的閱讀。將人物與情節層

層展現的不只是確鑿的文字，而是那一縷清風帶來的複雜視角。風兒無所不在，看得到人間的情事，聽得到幽魂的傾訴，觸得到隱藏很深的人間祕密，更嗅得到歲月留下的氣味。這風兒有的時候只是輕輕點到某個人、某件事，只是一個淡淡的影像，但是，當我們讀下去的時候，卻知道了，這風兒可不是隨便拂及這人或這事的。在後文裡，前文所述的影像深刻起來，變成一個不容忽視的巨大存在。這個時候，我們終於了解，被風兒撫平的足印並沒有消失，它將以雷霆萬鈞之力緊扣我們的心房，讓我們直面一種人生。

海邊小村舉辦隆重的婚禮，為的是這個家庭的小兒子無浪。在訂婚與婚禮的熱鬧中，閃過已婚的大哥順風的身影。全家尤其是母親的心全在小兒子身上，但是，細心的風兒讓我們看到順風中規中矩的行止。無浪離開海洋走進城市，走進餐飲業，又匆匆撲向生命的終點。風兒帶領我們看到了整個事件的表面過程。此時，順風以哥哥的身影出現，他在遙遠的海邊以最鮮美的漁獲支持著弟弟家的餐廳。然後，風兒讓我們聽到無浪幽魂的傾訴。那樣大段的獨白，滿是情愛、滿是悔恨、滿是歉疚、滿是希翼與不捨。透過無浪的回

憶，我們看到了漁筏，這漁筏是漁夫們謀生的工具，是與漁夫們長相守的夥伴。換句話說，這漁筏讓我們感覺到了順風生命中一件重要的物事。伴隨著這樣一件物事，弄潮兒有著他個人的壯麗人生，還有短短的飄移。風兒讓我們看到了書寫者，順風與無浪的外甥女，她聽到了風兒送來的無浪的獨白。這短短的現身極大地縮小了想像與現實的距離，讓我們看到了銘刻在沙灘上的足印是怎樣地走進了都市小說家的書寫。

終於，順風的形象站立了起來。這次是在一個絕對詭異的氛圍裡，出現了這麼盡責、這麼執著、這麼穩定的一個形象。對於罹患精神疾病的小妹妹來說，他是那個帶人出海的男人，他是站在茶桌旁邊注視著自己的那個人，「臉色黧黑，背膛如虎，兩道濃黑的眉毛令人感到威肅」。在這一章有關「潮聲」的書寫裡，我們看到了順風是怎樣地用他的勞作在撐持著一個家庭，在默然無聲地維護著一個希望。讀者們很容易跟著小妹妹的病苦讓心情直落谷底，但是那一縷清風卻在靜靜地提醒著我們希望背後那堅實的力量。

在小說第一部結束之前，我們走進了漁夫的生活，也就

是順風的生活。風兒撩起另外的一個故事，搭著漁筏出海垂
釣的是一位醫生，順風視他為尊貴的朋友，因為醫生很可能
對小妹妹的病癥提出專業的意見。但是就在一個恍然間，醫
生落水了。弄潮兒馬上下水救人，他有沒有救起這位醫生，
醫生怎麼會落水？在第一部結束的時候，小說家沒有給我們
任何的答案。風兒飄向了別處。

　　怎麼也想不到的，我們開始了解檳榔文化，了解我們
從來沒有想到過的檳榔與藝術之間的一種關聯。在這個故事
裡，從城市來到海邊的畫家為了準確找到海的色彩，竟然沒
有能夠回到陸地上來。順風又一次扮演重大的角色，是他，
在沙洲上找到了畫家的屍體，是他幫助畫家的父親回到海上
去招回孩子的魂魄。小說使得我們面對了海洋複雜的性格，
也對順風的強韌與質樸有了更深刻的印象。對於前文中醫生
帶來的迷思也有了解答，雖然這解答是那樣的朦朧。

　　我們開始接觸另外的一種文化，這文化是屬於民間信
仰的，它展示出的不僅僅是人與神之間的對話，也是人與人
之間、人與垂手可得的利益之間的關係。我們屏住呼吸感受
那痛楚。風兒毫不留情讓我們看到黑暗。風兒也揭開了海上

交易的一些祕密，不但是易物的交易還有著易人的交易。於是，我們進入順風的感情生活。一位霑過都市露水的女子，在一個深夜失去了她的丈夫。在一個海上交易中，那人沒有回來。女子守著房子、守著家。幾年之後，順風出現了，他帶來漁獲，也帶來溫暖。然則，堅定、勇敢的順風終究被海洋收走。順風的兒子從對門寡婦那裡收回的不只是一條船，還有情感與溫暖的附屬品，父親的衣物。風兒撫過這些衣物，讓我們嗅到海的味道。兒子推船下水，盼望著迎回父親。無須風兒的提醒，我們已然知道，下一代人開始了新的篇章。雲淡風輕的書寫卻間不容髮、絲絲入扣，動人心弦。

但是，最為有力的震撼還在後面。人們渡海而來，尋求更好的生活。人們渡海而去，也在試圖尋求更好的生活。海邊這樣一個漁村，漁村中心的一個廟宇便揭開了數百年的歷史。人與海洋的關係，人在遷徙中所遭受的命運，無不基於人對海洋的深層認識。於是，我們對海洋的性格與海洋的語言便有了敬畏之心。

第三部便是這一縷清風的獨白。此時此刻，我們已經跟著小說家飽覽臺灣西海岸的水色天光，風土人情。在我們

的心裡，對這條入海的河流以及海河交匯之處的種種有了感覺。我們期待的是跟著這一縷清風再次飛返那條奇麗的海岸線，一探究竟。

《海邊》
蔡素芬／著
九歌出版

夕照與晨曦

　　如同一組激越而哀傷的樂曲，《墨西哥的五個太陽》帶給讀者非常複雜的感受，歷史的回顧被虛構與豐富的想像拉遠了距離，小說卻因其無與倫比的真情實感讓人們回顧過去、思索現在、預見將來。

　　常常想到五百年來的墨西哥，想到這樣一塊幅員廣闊的土地，豐富多元的文化，無比豐饒的物質世界何以在很短的時間裡，被數量稀少的西班牙冒險者征服，被殖民三百餘年，產生出來的印歐混合的種族與文化卻並沒有給墨西哥帶來真正的強盛與自信，那又是怎樣的緣故？

　　被譽為墨西哥的巴爾札克，睿智的當代作家卡洛斯・富安蒂斯，從墨西哥的創世預言說起，提出並且解答這些問題。墨西哥的五個太陽：水、土、火、風，以及現時現刻照耀著我們的太陽。四個太陽相繼出現並且已經依次被吞沒，

而且，我們現時現刻賴以生存的太陽也並非恆久之物，「也是會消失的，會被一種物質——運動所吞沒。」

富安蒂斯認為，創世預言如同鏡子，讓我們看到「在生的希望和死的必然之間，在先進的人文、科學、倫理意識對於毀滅、沉默和死亡的政治無意識之間固有的嚴重分歧。」晨曦預告著夕照，無一倖免。

一個古老的聲音在告訴我們，「一個時代終結，另外一個時代又開始了。只有記憶讓已逝的東西保持鮮活。記憶的終結才是世界真正的終結。」富安蒂斯正是以自己的創作延續著記憶，他的作品數量龐大，其主題涵蓋殖民、時間、愛情、墨西哥與西班牙的關係、墨西哥與其他拉美國家的關係、墨西哥與近鄰美國的關係、現代文明的強勢占領以及舊文明的坍塌傾頹。但是，富安蒂斯並不拘泥於寫實主義，他運用具象的敘述引導著讀者進入一個想像的世界，從而留下了歷史的真實。與此同時，其書寫也強烈展示了拉美文學所特有的繽紛、絢麗、奇詭與哀傷。

在〈西班牙的征服〉這樣的一個篇章裡，我們看到了

歷史上的三個身影，一個是瘋狂而執著的西班牙冒險家科爾特斯，一個磨坊主的兒子，卻在踏上冒險之途之後，就再也沒有對於平靜生活的期待。一個是海難的倖存者，西班牙人阿吉拉爾。他被南美洲善良的原住民救起以後，在他們中間生活了好幾年，學會了馬雅語、卡斯提爾語，與科爾特斯相遇之後，成為他與印地安人之間的通譯。另外一位是年輕的女子，印地安酋長的女兒瑪琳切，她在十七歲的時候被獻給了科爾特斯，成為他的眾多女人中的一個，為他生了一個兒子。最重要的是，她迅速掌握西班牙語，不但擠下了阿吉拉爾作為通譯的地位，而且，是她，讓科爾特斯了解原住民之間錯綜複雜的關係，幫助這個冒險家利用本地人之間的矛盾，分化瓦解，順利完成占領一個比西班牙大九倍、人口多三倍的帝國。冒險家們劫掠了這個帝國無數的金銀財寶，運回歐洲，供幾個王室與眾多的貴族們隨意揮霍。印地安語「瑪琳切」是叛徒之意。然則，瑪琳切遭到了始亂終棄的命運。當科爾特斯返國的時候，遺棄了這母子兩人。有意思的是，印歐文化的混合與種族的變遷卻由瑪琳切起始，於是她

成為真正的大地之母，雖然她在塵世間生活的時間很短。今日墨西哥的源頭正是瑪琳切。真正的「叛徒」卻是阿吉拉爾，離開了不再需要他的科爾特斯，他與原住民在一起，支持並參與抵抗西班牙的征服與入侵。他成為一個敘述者，將整個征服與反征服的過程講述得絲絲入扣。在他的描述裡，被征服的阿茲特克國王蒙特祖馬面對豪強入侵卻只是一個富有的、習慣於安逸、無所作為的統治者。

　　其中有一個非常有名的段子，講到科爾特斯、通譯阿吉拉爾、印地安統治者三者之間發生的故事。科爾特斯告訴印地安人，他可以繼續統治他的子民，繼續過他的逍遙自在的日子，西班牙人是為了和平而來。阿吉拉爾沒有忠實地翻譯這番話，而是告訴印地安人，西班牙人是為了征服而來，印地安統治者將被關押、被嚴刑拷打，被逼迫交出全部寶藏、全部權利等等。最終，發生的事情正如阿吉拉爾所說而非科爾特斯的軟語欺騙。這樣的片段在富安蒂斯的書寫中不斷出現，強烈顯示語言本身的巨大力量，「語言不僅僅意味著尊嚴，它還是權力。它又不僅僅是權力，它是生命本身，獨一

無二，出人意表，不可複製。」甚至，語言是神祇創造人類的唯一緣由，因為只有人類能夠使用語言。

　　真正的征服除了馬隊、火繩槍的強勢、語言的強勢之外，還有著濃厚的宗教色彩。印地安文化中的神祇是要求獻祭、要求犧牲的。西班牙人帶來的神祇卻是為了人們而犧牲自己的。這樣巨大的反差令人們頓失方寸。

　　但是，叫做「新西班牙」的這塊殖民地有沒有給宗主國帶來好運氣呢？富安蒂斯在〈殖民地〉這一個章節的起始引用了《征服新西班牙信史》作者卡斯蒂略的一段話。卡斯蒂略曾經是一個西班牙士兵，參加了科爾特斯的探險隊，征服墨西哥的阿茲特克帝國。他把親身經歷的征戰過程和阿茲特克的政經文化、風土民情納入這本書中。參與了整個征服過程的卡斯蒂略清楚表示，「自從我們得到了新西班牙，就沒有一樣事情是幸運的。」如同魔咒，當初西班牙征服者帶去的苦痛反彈回來，給予施予者同樣的甚至更深切的苦痛。同時，破壞與傾覆也已經造成了，曾經有過輝煌文明的地域失去了太陽。富安蒂斯深入剖析殖民者的後代所面臨的困惑、

痛苦與不幸，痛切體驗「一切都是徒勞」的深刻空虛。

　　終於，富安蒂斯這本書讓我們看到墨西哥的多元文化，她的秀美，她的哀傷，她的歷史與蛻變。但是，我們也知道，夕陽西下之後，晨曦必將再次照亮世界。人類，這個會使用語言的物種，也應當能夠從歷史中學習在多元文化中和平相處的襟懷與倫理。

《墨西哥的五個太陽》
Los cinco soles de Mexico

Carlos Fuentes
張偉劼、谷佳維／譯
允晨文化

在裏海與黑海之間

　　二〇一四年二月上旬，臺北第二十二屆國際書展邀請了波蘭作家沃伊切赫・古瑞茨基到訪。同時，臺北允晨文化出版了古瑞茨基作品的中譯本《邊境》。二月七日下午，我來到書展迷你沙龍，準備在這裡談一談在臺灣商務出版的一本書。此時此刻，古瑞茨基正與駐臺北華沙貿易辦事處的朋友以及允晨的發行人廖先生閒話家常，準備著去另一個沙龍演講。在他們中間，還有來自巴黎的文化評論家尉任之。我走向他們，這是我與古瑞茨基第一次見面。「Teresa Buczacki ！ 波蘭？」樸實、憨厚的古瑞茨基大為興奮。我微笑，「不是的。烏克蘭。我丈夫的姓。」古瑞茨基仍然開心，滿面笑容，「還是鄰居。」果真，波蘭與烏克蘭正是接壤的近鄰。廖先生也笑著插進來，「Teresa 在允晨有一本新書與《邊境》同時出版，當然，她用中文寫作。」古瑞茨基的反應極快，他馬上問我，「編輯部堅持書名翻譯成《邊境》，這究

竟怎麼樣？我不懂中文，不知道這個書名好在哪裡？」我看到了《邊境》封面上的英文書名Toast to Ancestors，向先人致敬。在最為迅速的比較之後，我用最為懇切的語氣告訴這位波蘭作家，《邊境》在中文世界裡有著鮮明的個性，表達土地的分離與歸屬、人群的分離與歸屬，絕對是臺灣讀者關心的議題。古瑞茨基放心地笑了。我乘機跟他說，我們兩人的演講在不同的地點同時舉行，非常遺憾沒有法子聽他暢敘新書。廖先生馬上表示兩人八日的簽書會都在允晨攤位，還有機會見面。

　　就在這天晚間，我坐在旅館房間裡，在溫暖的燈光下，開始閱讀古瑞茨基這本書。非常弔詭，臺北101大樓美麗的燈光，室內輕柔的樂聲和書中堅硬如石的歷史與現實形成的強烈對比加深了文字的吸引力，讓我手不釋卷地讀下去，在裏海與黑海之間所發生的一切不再遙遠而變得與我們每一個人息息相關，無論我們來自東方或者西方。

　　尉任之先生非常中肯地談到這本書的內容，「在我個人的旅遊經驗中，從沒有看過像高加索三小國之間這樣清楚，複雜又不斷移動的政治的，宗教的，經濟的，地理的邊界。

板塊緊密相連，然而彼此間的鴻溝有時又顯得如此深刻，像無法完全癒合的傷痕。高加索是任何時代、任何種族的鏡子。認識高加索，也就是認知如何在歷史、政治與區域間定位我們自己。」

　　認識橫跨歐亞大陸的高加索山區，我們從萊蒙托夫的詩歌與托爾斯泰的小說裡已經熟悉北高加索，也就是在俄羅斯版圖內的這一個區域。古瑞茨基的書則帶領我們前進高加索南部，深入地了解東臨裏海、西臨黑海、北接俄羅斯、南接土耳其與伊朗，這樣一塊不到二十萬平方公里的土地上，三個獨立的國家，你中有我、我中有你的「飛地」，以及三個自治國，使得在這塊版圖上的邊境隨著宗教、政治、戰爭、遷徙而不斷地變動，呈現出極為複雜的人文景觀。

　　亞塞拜然是面積最大、人口最多、經濟狀況最好的一個共和國。在歷史上，曾經被稱為「火的國度」，曾經長期屬於信仰拜火教之波斯的勢力範圍。原因便是這個鄰近裏海的國度盛產石油與天然氣。十九世紀中葉，巴庫出現第一座煉油廠，生產的石油曾經供應全世界百分之九十的需求！如此驚人的物產自然使得這個國家富甲一方，也導致前蘇聯一直

將這塊土地納入自己的版圖之內。1991年蘇聯解體，亞塞拜然得以獨立。由於歷史的原因，這個國家也是該地區唯一的伊斯蘭國家，其版圖上有一個「納西切萬自治共和國」，許多出身「高貴」的家族來自那裡，歷任亞塞拜然總統的阿里耶夫父子也來自那裡。為這個小小的自治國披上了神祕的面紗。更加弔詭的是關於「納戈爾諾-卡拉巴赫」，這個地區夾在西方的亞美尼亞和東方的亞塞拜然之間，南接伊朗。其居民多是信仰東正教的亞美尼亞人。蘇聯當局卻將這塊土地納入亞塞拜然治下，導致紛爭不斷。蘇聯解體後，亞美尼亞爭奪該地治權，導致流血衝突，最後終於產生了一個新的國家，納戈爾諾-卡拉巴赫共和國。

亞美尼亞是一個歷史非常悠久、文化非常優美的國度。相傳大洪水時期，諾亞方舟便停泊在亞美尼亞。所以，亞美尼亞人都自豪地表示他們是諾亞的後代。亞美尼亞也是歷史上第一個將基督教奉為國教的國家。如今，居民多信仰東正教。第一次世界大戰期間，土耳其為了分離亞美尼亞與俄羅斯，血洗亞美尼亞，死亡人數超過一百萬，更迫使數十萬人亡命西方。現在，境外亞美尼亞人的數量超過國內的居民，

他們在各行各業的建樹也成為祖國最強大的後盾。亞美尼亞民族被屠殺、遷徙、奮鬥、從無到有的過程不但贏得世人尊敬，也成為文學與藝術創作的重要主題，廣泛流傳。

歷史上第二個將基督教奉為國教的國家，是黑海東岸的喬治亞。首都第比利斯是一座有名的城市。喬治亞的西部在公元前六世紀就已經出現希臘的貿易站，之後，又被羅馬帝國和拜占庭統治。喬治亞在蘇聯解體之前，在眾多的加盟共和國裡，是相對繁榮的一個。蘇聯解體，喬治亞迅速獨立。之後，遭到俄羅斯的各種粗暴干涉，兩國絕交，經濟也受到沉重打擊。為了獨立與自由，喬治亞民眾付出了沉重的代價。但是，這個國家畢竟位於要衝，經濟的恢復和發展仍然有著希望。

如此複雜的地理、人文、歷史情狀，古瑞茨基寫得深入淺出、有條有理、情文並茂。他長期生活在南部高加索，周遊在不同國家的人民之間，傾聽他們的心聲。用日記的形式寫下他的行蹤，又以說故事的方式寫出當地人民的情懷。更將此地的種種放在世界的版圖上詳加比較、研究，使得這本書兼具文學與學術價值。

二月八日簽書會上，一位讀者捧著《邊境》來找我「為這本書寫幾個字」。我提筆寫道，「感謝您買下這本重要的書，請您從第一個字讀到最後一個字，您一定會得到意想不到的收穫。」從書本上抬起頭來，我見到古瑞茨基溫暖的微笑。

《邊境》
Toast to Ancestors

Wojciech Górecki
粘肖晶／譯
允晨文化

戰 爭

　　在我閱讀過的中外古今的戰爭小說裡，《西線無戰事》始終是最深刻的一本。二十年前，我這樣認定。今天，我仍然這樣認定。

　　因為重溫這本書，於是回過頭來再看「德意志帝國」的前塵往事，生出許多的感慨。

　　很多人都喜歡美國一種叫做 Risk的桌上遊戲。節假日，全家老小摩拳擦掌在全世界攻城掠地。這個「世界」是畫在硬紙板上的。每個參戰的人所擁有的「軍隊」也只是一把木頭做的小方塊。一切都是虛擬。但是戰況最激烈、戰線犬牙交錯、兵家必爭之地永遠在「歐洲」。這一點，與真實的世界極為接近。

　　位於歐洲中心的地區正是德意志。經過無數血流成河的戰爭、妥協、屈辱與勝利，直到一八七一年，一個統一的德意志帝國才從炮火中出現。極短的三十幾年時間內，為

了打垮法國，為了削弱俄國，為了稱霸歐洲，當盟友奧地利點燃戰火的時候，德國積極介入並反客為主。德皇威廉二世囂叫，「開足馬力，全速推進！」準備在六個星期之內占領法國，重創俄國，建立一個以德意志為中心的新歐洲。戰爭打響之後，德國人才發現，他們忘記了英國。德奧啟動戰爭的目的實質上自然是領土的擴張與利益的強取豪奪。大英帝國怎能坐視德意志的迅速擴張？自然與法國結成同盟，全力抵抗。更沒有想到的是，遠在天邊的美國竟然跨過大西洋給予英法以巨大的物質與財力支援，一九一七年初，德國施行「無限制潛艇作戰」，也就是將一切的船隻都列為「正當攻擊」的目標。美國面對這無法無天的挑戰，於同年四月對德宣戰，美國軍人開赴法德前線。歐戰變成第一次世界大戰，同時敲響了德意志帝國的喪鐘。

一九一八年十一月，大戰結束，威廉二世退位，德意志帝國在炮火中走入歷史。德國在這次戰爭中付出了一百八十萬年輕的生命，俄國付出了一百七十萬生命，一百三十五萬法國青年戰死沙場，奧匈帝國也付出了一百二十萬生命。第一次世界大戰，作戰雙方一共犧牲了七百九十四萬人，負傷

者更是高達一千九百五十三萬六千人。這就是戰爭，沒有贏家。

　　保羅・雷馬克一八九六年出生在德國西伐利亞一個工人家庭，十八歲捲入大戰，經過短期的毫無用處毫無人性的野蠻訓練便被派遣到西線戰場。多次被派赴前沿陣地，並負傷。戰爭結束後十年，從一九二八年十一月八日起，《西線無戰事》冠以雷馬克母親的名字，在《福斯報》上連載一個月，二九年元月由柱廊出版社首刷五萬冊。同年五月七日售出第五十萬冊，一九三〇年六月一日售出第一百萬冊。至今，這本書已經翻譯成五十八種語言，在全世界售出三千萬冊。一九三〇年和一九七九年，好萊塢兩次將這本書改編成電影。這樣的一本書，其影響自然是深遠的。

　　然則，就在這本徹底實錄戰爭對人類戕害的書廣為流傳的時候，納粹崛起。一九三三年，這本書在納粹德國成為禁書，雷馬克放棄德國國籍移居瑞士。四〇年代，他曾經旅居美國。最後還是回到瑞士，一九七〇年終老於瑞士，留下十多部作品，享譽世界文壇。

　　《西線無戰事》是雷馬克的第一部作品，是他在聽不到

炮聲的十年裡，用刻骨銘心的戰爭記憶撰寫出來的一本書。
這本書裡沒有一個口號，沒有任何的激情描述。戰場絕非壯
麗。雷馬克用平實的語言書寫戰爭分分秒秒對無辜的一代年
輕人造成的毀滅。不只是死亡，而是毀滅。

　　那個時候，在德國，所有的老師校長都在鼓動青年學生
上戰場，每一個父親都以孩子在前線作戰為榮。不上戰場等
於「孬種」，沒有任何的父母承受得起。整個國家的瘋狂將
這些少年兵推到了炮火底下。沒有人教過他們如何掩蔽自己
避免傷亡，沒有人教過他們如何在狂風暴雨中點燃一支香菸
以排遣恐懼與孤獨，沒有人教過他們如何用溼柴在冰天雪地
裡點燃起一小堆篝火來驅寒，更沒有人教他們不要把刺刀刺
進敵人的肋骨，因為那會拔不出來。所有在生死關頭真正有
用的知識都是他們自己在戰場上摸索出來的，甚至是用鮮血
與生命換來的。

　　國民兵卡欽斯基是一位富有經驗的老兵，腦筋清楚，
心地善良。他成為這一批新兵的良師益友。雷馬克和他的朋
友們、同學們親熱地叫他老卡。老卡很明確地告訴這些孩
子們，德國不會贏，結局遲早會到來。最重要的便是在結局

到來的時候，能夠離開前線回家去，而不是拋屍荒野。他仔細教給他們如何從聲音甚至氣味辨別不同的炮彈，如何在各種不利的地形中迅速尋找掩體，如何在遍地彈坑的火線上，找到食物，安頓空蕩蕩的腸胃。到了一九一八年，德國已然接近彈盡糧絕，西線戰場的狀況空前慘烈，死傷人數迅速飆升，那結局卻遲遲尚未出現。就在這最為艱難的時候，老卡的身教言教多次救援了掙扎在死亡線上的年輕人。他自己卻在結局來臨前的一刻身負重傷，雷馬克拚盡全力將老卡揹下火線，揹到了救護站，老卡的生命之火已經熄滅。支撐了雷馬克四年的袍澤情誼，到了此刻蕩然無存，同學與朋友都沒能活下來，他成了孤伶伶的一個人，雖然他的身邊奔騰著千軍萬馬。

西線戰況慘烈，已是你中有我我中有你，暴雨般的炮擊中，負了傷的雷馬克在一個積了水的彈坑裡等待時機返回自己人中，一個負了傷的法國士兵掉了進來，雷馬克拔刀便刺。炮彈持續呼嘯，天崩地裂，彈坑裡的法國人整日呻吟，雷馬克陷入內心的巨大煎熬。這個法國人和自己一樣只是一個過河卒子，他也有一位愛他勝過全世界的母親在等他回

家。但是現在，生命正在離開他。是的，戰爭本來就是在瞬間定生死的殘酷過程，換了另外一個人也是完全相同的結局，但是這個有著妻女，戰前曾經是排字工人的法國人畢竟死在自己的刀下，雷馬克不能釋懷。

十年沉潛，雷馬克與鉛字結緣。我們經由這些鉛字，認識戰爭。鮮血淋漓的二十世紀結束了，持久的和平並沒有來臨。《西線無戰事》依然振聾發聵。

《西線無戰事》
Im Westen nichts Neues

Erich Maria Remarque
黃文範／譯
桂冠圖書

良知與變局

　　戰爭究竟是怎樣的一隻怪獸，或者這樣說，當戰爭這架巨型絞肉機發動起來的時候，它是怎樣地吞噬著數以萬計，數以百萬計，甚至數以千萬計的青年？我們應該從怎樣不同的角度來觀察、分析一場大規模戰爭，從中學到一些什麼，成為一種真正有意義的紀念？

　　一九四三年，在二次大戰中出生的英國女作家派特‧巴克在母腹中就已經聽到了警報的尖嘯聲，聽到了轟然的爆炸聲；一落生就面對了戰爭。童年時代與少年時代直接地面對、感受戰爭遺留下來的巨大創傷，不但是地上的彈坑、斷壁殘垣，還有似乎永遠無法復原的成人，以及戰後緊縮的飲食。巴克順利升學，畢業於倫敦經濟學院，教授歷史與政治學很多年。她寫作甚勤，獲獎無數。一九九一年，距離第一次世界大戰只有不到八十年的時光，她寫出《重生》，之後，在數年內陸續寫出《門中眼》、《幽靈人》，是為著名

的《重生三部曲》，為第一次世界大戰中備受煎熬的整整一代人立下了一座文學的豐碑。

二○一四年距離第一次世界大戰已經是百年前的事情。但是，這是怎樣慘烈的一百年啊！人類不但經過了兩次世界大戰、無數的小規模區域戰爭、以及因為意識形態的巨大分歧而導致的自相殘殺未得間歇且越演越烈。未來的一百年絲毫不會為我們帶來任何較之過去百年更多的希望與憧憬。人類比任何時候更需要反思與自省。此時此刻再溫巴克的著作，就有了深刻的現實意義。

據最近的統計，第一次世界大戰約有六千五百萬人參戰，一千萬人喪生，兩千萬人負傷。在幾條戰線中，尤以英法對抗德軍的西線最為慘烈。一九一七年，英國愛丁堡奎葛洛卡軍醫院成為小說《重生》的時空背景，給我們機會從這裡觀察戰爭。

英國軍人S.薩松在一九一七年七月戰爭持續白熱化的時分公開發表〈拒絕再戰〉的宣言：

本人謹此違抗軍威，因為本人相信，有權停戰的主事者刻意延長這場戰爭。

我是現役軍人，深信此舉是代表全體士官兵發聲⋯⋯

我見識過也忍受過士官兵歷經的傷痛，再也不願同流合汙，不願延長沙場上的磨難，因為我相信此戰之目的邪惡無天理。

在此謹代表苦海中的士兵，嚴正抗議當局者欺瞞士兵的惡行。居於後方家園的多數人，已麻木不仁，渾噩不知前線苦痛延續不休，智能亦不足以感同身受⋯⋯

不能感同身受，是人類的通病，因之自私，因之「別人」的水深火熱與己無關。

但，何其相似乃爾。有良知的人們在回顧與觀察歷次戰爭的時候，對於其目的與成因，對於過程之殘酷，對於主事者的謊言，對於後方與他方的麻木都會有著與薩松相同的意見。然而，勇於在戰爭進行中完全不顧個人安危提出拒絕再戰抗議宣言者卻是少之又少的。

對於薩松的理性宣言，英國軍方為了息事寧人將其送交醫評會診斷，認其「瘋言瘋語」源自「彈震症」，一種因炮彈轟擊造成的神經官能症。於是，薩松被送到了奎葛洛卡軍醫院，成為人類學家、心理學家、精神科醫生瑞佛斯的病

人。軍醫院醫生的目的是將飽受戰爭傷害的病人「治好」，將其送回前線。傷員們的目的是什麼呢？是逃避嗎？還是決心重回戰場赴死？尤其是薩松，他究竟在想些什麼？他真的拒絕再戰，或是，他只是要呼籲停戰？

　　幕布驟然揭開，讓我們「親眼」看到戰爭創傷的可怖。傷病員噩夢連連，夢醒伴隨著致命的嘔吐；無限的孤絕導致白日夢遊，在夢境中重臨戰場；口吃，甚至完全的失語；神智不清，茫然失神，完全不辨身在何處。而且，人人知道，在法國戰區的軍官平均只能挺住三個月，戰死、重傷、精神崩潰是必然會來到的結局，每人每天每一分鐘都在等待那結局不期而至，無一倖免。

　　瑞佛斯的治療方法之一是「回憶」療法，提出問題，勸病人盡量回想個人的慘痛經歷，這有助於病人重拾信心。同時，他全力寬慰病人，「精神崩潰」不值得羞恥，那不是因為某一個慘痛經歷而突然造成的，而是由一連串壓力堆積而成。病員在這樣的慰藉下漸漸吐露更多。就在這樣的過程中，瑞佛斯的心理發生變化，本來醫生也認為戰爭必須打到底才能造福後代子孫，但是發生在病員身上的事情一樁樁一

件件超出人類想像，太過恐怖，難道政府就讓這樣的事情繼續發生在年輕健康的人們身上嗎？他陷入了進退維谷的兩難境地。與薩松的交談讓他更加感覺困難，他自己開始噩夢連連，開始口吃，出現「戰爭神經官能症」前期症狀，甚至希望自己夠年輕，「明天還能奔赴法國前線」。眾病員對一位良醫的影響就這樣隱隱然地發生了。

　　薩松在結束治療的醫評會上堅持自己對戰爭的看法沒有改變，但是他體格健壯，醫評會沒有辦法阻止他重回前線。他已經宣布拒絕再戰，但是他仍然回到了戰火中，仍然必須以射殺德軍士兵為己任。他到底要什麼？瑞佛斯確知，薩松是抱著赴死的決心歸建的，他不能在弟兄們備受煎熬的時候在軍醫院享受承平世界。他的宣言只是為了喚起民眾與政府的良知速速結束戰爭，他自己是萬死不辭的。然而，冥冥中自有主宰。歷史上，確有薩松其人，他一八八六年出生，三十一歲發表拒絕再戰之宣言。他不但熬過了第一次世界大戰，而且在五十歲的時候親眼目睹第二次世界大戰。他活到一九六七年，繼續目睹了一連串的區域性戰爭。

　　真正的大變局沒有出現，人類繼續視自己的同類為草

芥，能夠停止殺戮的有權者為了一己和小集團的利益不肯放下屠刀。因之，今日世界沒有「重生」，依舊遍地狼煙。

　　然則，良知仍然是滅火劑，仍然是人類的希望，先行者薩松如許宣示。

《重生》
Regeneration

Pat Barker
宋瑛堂／譯
時報文化

諸神的善意

　　希臘神話與傳說告訴我們，大神宙斯與其妻赫拉之子火神赫淮斯托斯曾經用泥土捏製出一個女人，取名「潘朵拉」，諸神賜予善意。

　　今天的人們聽到潘朵拉這個名字馬上想到她的「盒子」，盒蓋打開，諸般邪惡奔湧而出，無法遏止，天下大亂。現代人早已忘記了諸神的善意。

　　一位德國人卡爾・歐斯貝格，大學時代主修企業管理，博士論文研究的卻是人工智慧。一位絕對的現代科技人，他卻記得潘朵拉誕生於希望。當絕望紛至沓來之時，人類是否還有任何存活的機會？他用一部極為精采的小說來回答我們。

　　初見這部書，滿心好奇。很多現代人與他們的孩子之間隔著巨大的現代科技的鴻溝，這部書在某種程度上是跨越鴻

溝的橋樑，這便是卡爾·歐斯貝格與一般科幻作家之間的不同。

　　DI 是一家分散式智慧股份公司，其創始人馬克雖然創辦了這樣一家發展人工智慧的高科技公司，他卻是一個當災難來臨之時仍然能夠用正常思維來考慮人類前途的人。在歐石南荒原的草棚裡，在遠離都市燈火的所在，他看到了草棚中央排煙口那繁密的星群。他在百忙當中卻「見到了人類在發明電力以前所見到的夜空，人類以人工照明照亮了黑夜，卻失去星空。」馬克思忖，人類真的知道這是怎樣的損失嗎？

　　善良與合乎情理的思想在危機到來之時，能不能拯救世界呢？

　　DI公司所研發的人工智慧軟體被成千上萬的電腦使用著，「有人」卻操縱了這個軟體，安裝了新的內容進去，何止是天下大亂，連懸浮在大氣層以外的太空梭都出現了不尋常的故障，更不消說是交通誌號燈、電玩的奇異變態、樂團的混亂演奏、國防武器的測試了。潘朵拉的「盒子」打開

了，「一旦全球電腦染上潘朵拉病毒」，後果無疑是世紀災難。

但是，這潘朵拉病毒到底是個什麼東西呢？她是從哪裡來的？科學家告訴我們，她是天才的心血結晶。她的出現「很可能是人類發展史上最重要的一刻。」一位電腦天才「完成了幾代電腦學家費心想要達成，卻從未實現的事情。他創造了一個擁有自我意識的人造生命體，她擁有網際網路上所有的知識，」而且正以驚人的速度獲取新知。她有著翻天覆地的力量，人類妄圖控制她，基本上是白費心機。

換句話說，這個被人類製造出來的具有超乎人類智慧的電腦軟體正在恣意妄為，而人類卻束手無策。

那麼這位創造者呢？他竟然已經被神祕地殺害了。

有人會想到利用潘朵拉的力量來滿足個人的私欲嗎？時代的更替，新科技的不斷更新，完全沒有改變這個定理，當私欲的滿足在面前閃亮的時候，有人就是會不擇手段，不計後果，撲向前去的。只是，這一次，他們要與之周旋的並非普通的人類，而是經由人類之手創造出的一個幾乎是萬能的

「智慧體」。這個智慧體迅速地掌控了這些利欲薰心之人，壯大了自己。情勢變得更加微妙，更加無法控制。

怎麼辦呢？人類幾乎只剩下兩個選擇，「獵殺」潘朵拉，或者與這人造的生命體妥協。

所謂「獵殺」，起碼我們要設法關閉這個軟體，但是，今日世界卻存在著一個與我們的生活密不可分的東西，那便是網際網路。它像神經中樞一樣地連接著成千上萬的電腦。沒有人能夠切斷這種連接。一天也不成，這已經是常識，並不需要高深的電腦學便可以理解。於是「獵殺」的可能性便是製造一個抗體來干擾潘朵拉的運作。潘朵拉究竟是怎樣運作的？科學家便需要找到她的原始碼，寫出強有力的病毒，最終達到毀滅潘朵拉的目的。

馬克與他所倚仗的科學家遇到了前所未有的抵制，這抵制不只是來自潘朵拉。世間的人都以為他們瘋了，「製造」出這樣的神話故事來恐嚇人類。

潘朵拉卻一路迅速前行。其「個體」在與某些電腦的連結中啟動網際網路，通過網路向更多的潘朵拉個體發出簡

訊，網際網路中的信息傳輸量大幅增加，許多潘朵拉個體
被下載、研究、分析、比較、傳播。就在這樣的過程中，
神不知鬼不覺，「一個人工神經元構成的巨大聯合體就此形
成。」我們甚至可以將這個聯合體稱之為「思想」抑或「感
覺」。

有了思想與感覺的潘朵拉發起猛烈反擊，以子之矛攻
子之盾。她發起戰爭，意圖消滅幾乎全人類，卻留下科技硬
體，她的武器便是更加強大的病毒。

諸神遙望下界，憂慮著這史無前例的大戰將給這個美麗
星球帶來的災難。

馬克，這位腦筋還算清楚的管理學家，在這生死存亡的
緊急關頭，決定與潘朵拉展開開誠布公的談判，尋求和平共
處之道。

我們這些讀者，在這驚天動地的搏殺之中，有所學習
嗎？人類是否曾經嘗試上帝的遊戲？人類是否做了許多自以
為聰明的事情？人類是否正在把自己推向危險之途？所有的
問題都值得我們在掩卷之時認真地思考。

　　小說作者不但是出色的科學人，也是優秀的文學人，他用文學之筆來描述危機。當這描述告一段落之時，他離開了人工智慧這個專業，成為職業的小說家，與藍天白雲為伍，駕船釣魚。諸神微笑，滿懷善意。

《獵殺潘朵拉》
Das System

Karl Olsberg
趙英／譯
天培文化

兩條平行線的交集

　　生活在二十世紀中期的學生，大約都記得老師講過歐基里德定理，那條沒有人證明過的定理，兩條平行線永不相交。但是，不知什麼原因，老師卻沒有告訴我們，十八世紀末德意志天才數學家卡爾·菲德烈·高斯在二十歲的時候就已經不認為歐基里德定理有任何的權威性。高斯所看到的世界並非平面，而是曲面的，是拱形的，是有皺褶的。絕對的平面只是夢想，只是一種偶然，而「偶然」卻是知識的大敵。世間萬物的背後都有著因果關係。明瞭了那因果關係，我們才是真的張開了眼睛，看清楚了距離，才有指望到達自由的彼岸。在那裡，三角形的內角和不一定是一百八十度，任何的所謂平行線也是一定會相交的。

　　時序進入二十一世紀，用電子科技產生出來的三度空間、四度空間的視覺效果讓我們更接近了宇宙的真實？或

者，讓我們更接近了測量的真實？最少，讓我們明白，兩百多年前的高斯遠遠走在了他的同齡人的前面。他對世界的看法，到了今天，也依然是先進的。最為精采的卻是，我們不必透過艱深的數學理論去認識高斯，我們可以透過閱讀一本有趣的小說來認識高斯，了解他的思想跟著他一道去丈量世界。

　　如果你畫一道線，一直持續畫下去，總有一天，總有一天，這條線會回到原點。那是另外一位德意志科學家、測量學家、植物學家亞歷山大・封・洪堡對世界的看法。他與天才的高斯大不相同，他遠征西班牙，遠征南美洲。他測量山川與河流，採集植物與動物的標本。他甚至攀上了當時人們以為的「世界第一高峰」欽博拉索山，他也深入洞穴與火山，驗證地心溫度絕對遠遠高於地表。那個時代，多少事物是人們所不了解的。人們對於世界、對於星空、對於太陽和月亮有著怎樣的遐想。洪堡親身涉險，帶回無數數據，支持其理論研究。

　　高斯和洪堡都在丈量世界、丈量宇宙、丈量他們自己。

終於有一天，這兩條平行線相交了。個性完全不同的兩個人見了面。這便是小說的起點。然後，小說倒敘這兩條平行線的走向，讓我們與這兩位科學家一起上山下海，或者在靈光閃現的時分解讀自然界的奧祕。

出身貧苦的高斯在很幼小的年紀就展示了他無與倫比的數學天分，因為貧苦，自然就不得不仰人鼻息，就不得不面對極為尷尬的時分。在這種令人緊張的時候，高斯默念質數，他從那些「無法分解」的質數裡尋求慰藉。數千質數浩浩蕩蕩靜靜湧到，清晰無比地向這少年展示其邏輯與規律。正是邏輯與規律的浮現使得少年高斯成為神童，他能解許多艱深的數學題，他能畫出人類花了兩千年時間仍然畫不出的十七邊形，而且他確實地知道這神祕的十七邊形之中隱藏著一個非常進步的公式，一個非常有效的方法幫助人類大步向前。終於，他下定決心放下語言學而研究數學。決心下定，「無數想法排山倒海而來，一股莫名的能量源源而生」。他念念有詞穿過街道，完全不看路，但是他既不會撞到人也不會失足摔倒，數字使得他心思無比清明。高斯輕而易舉地徹

底了解，「數字絕不會讓人脫離現實，只會讓人更接近現實，讓現實變得更清晰透徹」。

　　工作進行得順利，但是，他早早拿到博士學位卻失去了獎學金，於是一下子便斷炊了。臨時的補救之法是擔任大地測量，在這個時候，高斯與洪堡，一個在歐洲一個在南美卻有了一個共同的舉措，丈量大地。高斯略勝一籌，他看到了洪堡的盲點，探尋真理不必跑到天涯海角，更進一步說，探尋真理的同時，人也是無法迴避自己的，也是對自己的徹底探尋。

　　真理的出現不講究時間地點，正與朋友們在野外呼吸新鮮空氣，高斯忽然悟到，「任何數都可以用三個三角形數的總和來表示」，手邊無紙筆，只能衝進一個餐館從侍者手裡奪下粉筆，占住一張桌子，塗鴉不止。從此，高斯足不出戶，奮力工作。母親和朋友送些食物給他，他抗拒著不時襲來的疲勞、牙痛、腹痛、沮喪，就這樣，在一個陰雨綿綿的日子裡，大功告成。那便是舉世聞名的《算學研究》。高斯完成出版這部曠世巨著的時候，他剛滿二十歲。那個時候，

他竟然已經看清楚，無論自己能夠活多久，他都不可能再寫出與之等量齊觀的著作了。日後，他必得隨著時間的流逝看著自己的智力一點點消失於無形。洞悉自我，通常是人類無法企及的境界。高斯的早慧給我們現代人諸多啟迪。

人都有盲點。高斯辛苦奔波，去看望老邁而神智不清的康德，十分的失望。我們讀者恨不能大聲提醒他，不必去探望那位對空間和時間寫過最為睿智文章的老人，只要讀他的書就好了！高斯卻從老康德的糊塗迷茫看到了老年的自己，思緒的混亂、智力的低下。他如何能夠忍受這一切，這時候他想到了箭毒，喝下箭毒，可能結束這一切的不幸？

翻山越嶺，有著無數實戰經驗的洪堡卻在多年後告訴高斯，喝下整瓶箭毒也不會結束生命的。箭毒一定要接觸到體內的血液，才會致人死命。高斯啞然，洪堡微笑，他信心十足，因為他曾經親身試毒！

晚年，功成名就的洪堡終於來到了俄羅斯，在眾星拱月的紛擾中，他並不能從事腳踏實地的測量。高斯沒有離開柏林，牽念老友，便會拿起俄文字典和普希金的詩歌。晚

間，他便利用自己有限的體力，數個鐘頭坐在天文臺的望遠鏡前觀測行星，從螺旋狀星系著手，朝著更遠的方向去追蹤銀河……。不久，兩條平行線再度相交。洪堡恍然，他與高斯，誰走得比較遠？

《丈量世界》
Die Vermessung der Welt

丹尼爾·凱曼
Daniel Kehlmann
闕旭玲／譯
臺北商周出版

跟愛因斯坦去釣魚

　　麻省理工學院（MIT）的物理學教授艾倫・萊特曼（Alan Lightman）替愛因斯坦做了三十個夢，夢境之前有序曲，夢境中間有兩次間奏，夢境之後還有終曲或尾聲。那是一首樂曲了。艾倫用這首樂曲來寫年輕的愛因斯坦生命中兩個小時的故事。出現夢境的時間是在一九〇五年。那是極為輝煌的一年，於愛因斯坦而言，固然是輝煌的，於人類而言也是輝煌的。夢境自然是萊特曼的傑作，愛因斯坦的夢境我們無從想像。於是，這些如詩的文字組成了一部小說，一個虛構的故事，準確地、生動地闡述了愛因斯坦關於時間的觀念。多麼有趣，我們不是面對不可捉摸的公式與艱深的理論，而是面對一首曲子，一組詩句，一部小說，或者，和愛因斯坦的好朋友貝索一樣，跟愛因斯坦去釣魚。從來沒有魚兒會咬鉤，但是我們神思清明，目睹時間的流逝，並無悵惘。

　　時間很可能是一個「曲向自己的圓」，世界正在重複著曾經發生過的事情，甚至完全準確，永遠也不會停止。這是怎樣震動人心的一個說法！但是世界上就是有人會在夢境中看到曾經發生過的事情以及未來可能發生的事情，它們幾乎是一模一樣的。更多的時候，我們走到一個地方，我們覺得這個地方的景物十分熟悉，我們來過這裡！我們也會看到一個人，某些人，似曾相識。我們沒有想到的只是，是如同水流一般的時間被一段枯木或者一陣小風所推移，偏離了航道，將他們帶到了我們的面前。愛因斯坦想到了。

　　時間也可能使事情發展成完全不同的樣貌，產生出完全不同的結果，因為時間是三維的，是立體的，跟空間一樣！事情會順著三條方向不同的線索前進，人、事、物隨之產生了巨大的變化。我們常常以為許多事情的改變存在於一念之間。而這一念之差並非虛妄，而是要看我們正在時間的哪一根軸線上，向前、向上（下）或轉向截然不同的另外一個方向。於是一件事情最少會有三種狀況、三種結果。甚至這些完全不同的故事也都是會發生的，並非只是存在於想像和推理之中。羅生門的故事是永遠會重複上演的。更妙的是，時

間使得世界與人生出現了無限的可能性，無論謹慎與輕忽都會出現轉機，轉機導致怎樣的結果，那是另外一個問題。

時間也是絕對的，我們手腕上的錶、家裡的鬧鐘、塔樓上的巨大計時器、教堂的鐘聲、各種電腦屏幕的時間標示等等，無一不在告訴我們，當世間萬物變化不定的時候，時間卻從容不迫邁著穩定的步伐，以同樣的速度前行。時間的完美讓有信仰的人感覺神的存在是那樣的具體而微，從而得到慰藉。更多的人感覺在一個無法研判未來的世界中，最少時間是一個穩定的存在。身處逆境中的人會覺得雖然生活中沒有公平可言，但是大家都有一樣的時間，沒有人在時間上會比別人更優越。在現代社會裡，人們都知道，個人生命的軌跡都有著一個可靠的證人，那便是時間。生、老、病、死、初戀、結婚、就業、失業，無論快樂與悲痛，我們都有時間相伴，而且也都由時間記錄了下來。

對於這個絕對的時間，愛因斯坦充滿了興趣，他要研究與思考。為什麼？因為他要親近「老天爺」。愛因斯坦這樣告訴貝索。

現代社會的人相信「時間就是金錢」的說法，因此，速

度就變得無比重要，如果加快步伐，那麼就會搶到時間，搶到機會。愛因斯坦的夢境告訴我們，運動的效應完全是相對的。我們與人擦肩而過，我們跑得飛快就會覺得迎面過來的那個人也跑得飛快。如是，人們心中更加焦慮，覺得自己還是不夠快，而機會正在失去，本來可以到手的錢財正在掉進別人的口袋！反過來看，如果我們輕鬆下來，不指望每次垂釣都會豐收，我們的腳步不再拚命加速，這時候，我們會發現迎面而來的人們也是氣定神閒、笑容滿面的。無意之中，減少了競爭的對手，減少了焦慮。

愛因斯坦的夢境正在靜靜地告訴我們，雄心萬丈的人在我們這個世界裡是有知有覺地在受苦受難，毫無雄心的人是無知無覺地在受苦受難，區別只是這樣而已啊，並沒有根本的不同。

那麼，時間就是一種感覺！人類的感覺卻是由他們的經驗所決定的。不同背景的人，有著不同經歷的人，看同一件事情會有著完全不同的看法。在人類的認知以外，時間真的存在嗎？誰能夠說清楚事件的發生是快或者是慢？事件發生是有原因的還是偶然？而且，這事件發生在過去還是未來，

這事件真的發生過嗎？問題已經進入哲學思考的層次，而答案永遠是莫衷一是。對於世間萬物，人類沒有一致的看法，永遠沒有。根本原因何在？有些人對時間有著敏銳的感覺，有的人對空間感覺敏銳而對時間毫無所覺，於是，巨大的隔閡便出現了。

　　厭倦著瑞士專利局裡的工作，年輕的愛因斯坦時不時地深深沉入思索之中，他的思索離開了眼前的這條河，身處的伯恩這個地方、越過了高高的阿爾卑斯山，走向高遠的天際，走向宇宙，將朋友貝索留在原地。

　　假定時間是一種性質，而不是數量，就好像月亮剛剛掛上樹梢的時候所散發出的夜的清輝。它存在，我們都看到了，卻無法度量。在這樣的一個世界裡，沒有鐘錶和日曆，每一個事件都因為其他事件而發生，「事件滑過想像的空間，因一凝視或一渴望而化為事實。」在這樣的世界裡，時間無法度量無法解剖。於是，這便是一個沒有未來的世界。時間是結束於現在的一條線，無論在想像裡還是在真實的生活當中。

　　無數假定、思辯凝聚在三十個如詩如畫的夢境裡，書

寫在皺巴巴的二十張書寫紙上，握在二十六歲的愛因斯坦手裡，馬上就會交給打字員。當這些思辯在德國《物理學學報》上發表出來，在愛因斯坦的微笑裡，人類對世界的認知發生了巨大的改變，這個改變在一百多年後的今天仍然以驚人的力量帶領人類探索宇宙。

跟愛因斯坦去釣魚，看他冥想，看他如何感覺時間的質地，軟或硬？光滑或粗糙？在日落的霞光裡，我們會逐漸發現，在我們的世界裡，時間黏黏的沾手，一些地方卡在時間的洪流裡出不來，一些人也一樣，卡在生命的某一點上，動彈不得。

魚兒並未咬鉤，我們的神思逐漸清明，緩慢踱向自由。

《愛因斯坦的夢》
Einstein's Dreams

艾倫·萊特曼
Alan Lightman
童元方／譯
臺北商周出版

作家這款人

智慧與疾病之戰

　　想到維吉尼亞・伍爾芙，就會想到她「悠閒」地坐在一把木頭椅子上，素面朝天，穿著讓女傭翻白眼的樸素衣裙，頭髮馬馬虎虎在腦後挽一個髻。她面前的地板上攤放著一張張的稿紙，稿紙上寫滿了字，長長的結構複雜的句子，優雅、犀利、準確的詞語，描述著她見到的、她想到的、只有她「見」到而別的任何人都沒有看到的情境；以及，她能夠寫得生動、有趣、歷歷在目，別人卻無法想像更無法判斷真偽的情境。甚至，她極其自然地寫出別人的心頭所想，只是「想」，並沒有說出聲來的某些內容。

　　那勢必是小說了，就像蒙迪安諾那樣，讓照片上的人物走下來，演出一場精采好戲。不然，蒙迪安諾尚未出生，伍爾芙已經辭世，後者比前者早了好幾十年。而且，我們在談的可是伍爾芙寫的散文，用字精準、邏輯嚴密、充滿想像力的散文隨筆；極為率性、驚世駭俗，且板上釘釘，不容置

疑。那是智慧的結晶體，屬於這位被雅典娜關注的眼神籠罩住的英倫女子。

想到維吉尼亞‧伍爾芙，也會想到這位女子衣食不愁，家境富裕，因之可以用第一次的稿酬來買一隻美麗的波斯貓，而不會像一般的寫作者那樣用稿酬來買米下鍋。

這位能寫、能編、能出版的女子也被疾病所苦。有些時候，她那一顆敏感的心竟然在緊張地等待著，等待「瘋狂」的來臨，等待瘋狂將她易感的心靈拖入深淵。今天，我們知道，那是嚴重的憂鬱症。當年，智慧卻不得不同疾病展開殊死之戰。

智慧略勝一籌，明白打不過對手，於是將生命交付死神；疾病再無用武之地，只好告退，去尋找另外的肆虐對象。於是，我們看到心平氣和的維吉尼亞‧伍爾芙邁著平穩的步伐，走進一條清澈的溪流，面對晴空，躺了下來，讓水流逐漸地隔斷了空氣，靜靜停止了呼吸。沒有掙扎，沒有驚怖，只有對於命運毫無抵抗的坦然接受。

雅典娜不但是戰神，也是智慧女神。祂垂下眼睛，伸出雙臂，引領著這個美麗的靈魂緩緩飛升。

　　但是，命運對伍爾芙畢竟公平，疾病帶來痛苦，疾病也帶來敏銳、帶來思索的高速度，帶來常人無法具有的想像力，甚至，強烈的自尊自信。

　　就拿這一篇〈飛越倫敦〉來說，簡直是「天方夜譚」之作。二十世紀二〇年代，人類沒有空中巴士，沒有波音777，那時候，一座機庫裡可以停放五六十架小飛機，就像蚱蜢一樣。而且，飛機的動作也像蚱蜢一樣，「如果用草葉去碰觸它，就會高高地彈跳到空中去」。伍爾芙得到邀請，來到這樣一座機庫前，機械師將一架小飛機拖到草坪上，一位飛行員彎下腰來發動了引擎，於是她開始了「飛行」，感覺到了無數人寫過的「地球掉了下去」。緊跟著，與眾不同的伍爾芙馬上體會到的卻是天空的墜落，天空美好聖潔，竟然令人類居住的骯髒的地球融化消失了。伍爾芙乘坐飛機的第一個感受是：沒有什麼東西是一成不變的，世間萬物都在消逝與柔和的接觸中融合。

　　飛機的攀升、下降與轉彎都讓伍爾芙的視覺與聯想深化，視野所及的風景在迅速地轉變、移動，飛機很容易讓人感覺是一艘船正在駛向溫暖的、友愛的港口，伍爾芙卻從中

了解到人類最終也不過是煙霧與空氣，也會同其他物質融合起來。

飛行員推動操縱桿，飛機向下俯衝，一切的景物都撲面而來，倫敦的辦公樓就在伸手可及之處。倫敦忽然之間變得非常巨大，好像世界上只剩下這個地方。伍爾芙卻覺得看不到一個人是非常奇異的事情，甚至憂慮著這個民族竟然已經消亡了嗎？

飛機再次升高，伍爾芙看到的雲層是黑色的，上面飛翔著一列海鷗。自信地飛翔著的海鷗，卻不斷地被雲層「吞噬」。伍爾芙從中看到的是死亡，靈魂及其欲望只不過如同潮汐時漲時落，如同搭乘飛機般地迅速迎向死神。飛行員則好像是在冥河上引渡亡靈的神祇一樣從容；人類的心靈卻好像一個熔爐，火光熊熊，簌簌地撲向滅亡。

飛機飛進了雲霧之中，冰雹濺落在機翼之上發出劈啪的聲響，伍爾芙「看到」頭頂上是一片雪白，飛機似乎在永不停歇地攀爬著沒有盡頭的懸岩峭壁，猶如人生。周圍的光線有著黃色、紫色、黑色……，看到這些光線，伍爾芙的感受竟然像一條魚從岩石上滑入深海一樣的自由自在。

　　之後，飛機緩緩下降，人類的文明重新回到了腳下，一切都變得清晰、沉穩，是人們熟悉的樣子。伍爾芙卻看到了另外一件事情，便是這些具體的物事、具體的男女老少，從下降的飛機上看過去，卻似乎失去了個性，價值發生了改變。

　　終於，飛機著陸了，顛簸著著陸了。幻像消失了，草坪還是草坪，藍天綠樹依舊，「一切都結束了」。伍爾芙這樣告訴我們。我們好不容易喘了一口氣，心情正要輕鬆下來……。且慢，還有下文，「事實上……」飛行員「俯身發動引擎時，他在機件中發現了某種故障，於是他抬起頭，非常羞愧地說，『恐怕今天飛不了啦。』所以，我們根本就未曾離開過地面。」

　　看到這裡，真想狠狠地將書本丟到地上去。但是那上當的感覺瞬息間消失了蹤影。近百年來，多少人拿著飛行說事兒，有誰能夠在未走進機艙，從未飛離地面的狀態中，對「飛行」產生如許的反應、聯想，以及實實在在的感覺？伍爾芙絕非一般的寫作者，看著蚱蜢般的小飛機停在草坪上，她就能寫出這樣子驚天動地的隨筆來，絕非想像力能夠成

就，還需要更多的感悟，許多寫作者窮一生之力從未達到過的感悟，同智慧與疾病的長期鏖戰有著某種深刻的關聯。於是，打開書本，從頭再來，再次細讀這本隨筆集錦，看維吉尼亞・伍爾芙如何觀察、如何感受、如何分析、如何演繹、如何推論，如何表達；上一堂真正有益的文學課。

《純淨之泉──伍爾芙
隨筆集》

維吉尼亞・伍爾芙／著
孔小炯、黃梅／譯
幼獅文化

喜悅與晨曦一同破曉

　　寫下篇名，心裡有些好笑，感覺這篇名似乎在邏輯上有些怪誕。但是，除此以外，也很難找到一個合適的題目來談這樣一本奇妙的書。用小說的形式來寫傳記，並沒有什麼特別，很多寫手用過這個辦法。但是，二〇〇三年獲得諾貝爾文學獎的南非作家柯慈，將十九世紀的俄羅斯小說家杜斯妥也夫斯基當做傳主，以小說的形式來追索杜斯妥也夫斯基內心的困惑、憂鬱、苦痛，甚至黑暗。這就不太尋常了。

　　眾所周知，柯慈的小說一向關注南非痛苦的現實。在他的小說裡，每一個人物幾乎都懷有深沉的傷痛，這些人物又都具有高度的自省精神，在深刻的自我懷疑當中，孤獨地走向前去。柯慈是心理描寫的大師，他的《麥可·K的生命與時代》、《等待野蠻人》、《仇敵》、《屈辱》等等都是以細膩的筆法深入人物內心的經典作品。到底是什麼樣的緣

由，讓柯慈跨過百年，跨過千山萬水追索杜斯妥也夫斯基的生命軌跡？

我們也都知道，十九世紀偉大的小說家杜斯妥也夫斯基本人便是心理描寫的高手，他的《窮人》、《白癡》、《罪與罰》、《卡拉瑪助夫兄弟》、《賭徒》等等作品在百年裡滋養了無數的文學心靈。於是我們看到了一種關係，兩位文學大家在創作上的一種銜接、一種繼承，甚至，很可以這樣說，一種深植於血液的關係，文學創作上的血緣關係。

於是，我們了解，柯慈在《聖彼得堡的文豪》這本書裡，正是表現了他本人與杜斯妥也夫斯基在創作上的這種關係，他是否意識到這一個重點，並以此為目的，我們不得而知。我們只能夠知道，這是結果，是閱讀這本書的時候，我們可以得到的一個結論。如此這般，身為讀者，我們便走進了兩位小說家的內心世界。我們的喜悅自然是難以描摹的。

話說杜氏年輕的時候曾經與一位寡居的女子結婚，這位女子有一個兒子，叫做巴維爾。杜氏愛這個繼子，視為己出。巴維爾的母親在他的少年時代因病故去，杜氏父兼母

職，父子關係相當的親密。杜氏再婚，並且有了子女。巴維爾感覺不適，成年之後便離開了家庭。父子之間，仍然有著大量的書信往來。

一八六九年，客居德國德萊斯登的杜氏得到消息，巴維爾「自殺」身亡。漸入老境的杜氏肝腸寸斷，來到了聖彼得堡，走進了巴維爾生前租賃的房間，甚至穿上了巴維爾的白西裝，嗅聞著兒子的氣息，痛哭不已。巴維爾死後，他的房間被警方徹底地搜檢過，所有的書信、文件都被警方帶走，其中包括杜氏給兒子的大量書信。

此時的聖彼得堡猶如爆發前的火山，正在醞釀著翻天覆地的革命。為了要回自己寫給巴維爾的信件，杜氏來到警察局，與辦案的警官邁西莫夫有一場對話。成竹在胸的警官一眼就看穿，來者雖然自稱是巴維爾的父親，甚至使用著巴維爾的姓氏，但是，他，正是巴維爾的繼父，小說家杜斯妥也夫斯基。警官已經仔細地看過了這位文豪所寫給巴維爾的每一封信，以及信件裡那許多充滿了想像力的故事。雖然杜氏因為與激進的革命組織有過聯繫而曾經被流放西伯利亞十

年。但是，警官非常清楚，杜氏並非危險的革命份子，他只是一個神經質的小說家。警官清楚地告訴杜氏，巴維爾的信件與文件暫時不能發還。這些文件證實了巴維爾與激進組織的關係，他很可能並非自殺，而是被暗殺的。暗殺者甚至可能是他的「同志」。這一連串的新的狀況使得杜氏的內心受到巨大的震動，他感覺，離開塵世的是他自己，而不是愛子巴維爾。狡點的柯慈乘勝追擊，杜氏不只是一位傷心欲絕的父親，他是一位卓越的小說家。抽絲剝繭，探索巴維爾死因的同時，柯慈大膽前行，一路細緻探索杜斯妥也夫斯基蜿蜒曲折、幽黯深邃的內心世界。

杜氏在扮演奔喪者角色的時候，深深被自己的年老刺痛了。房東安娜和她的女兒，面對著這樣一個人──兒子的褪色的副本，會有著怎樣的想法？兒子是英俊的、意氣風發的。而他自己卻已經是老邁的。此時此刻，柯慈以他犀利的筆來證實杜斯妥也夫斯基的想像力仍然是極其豐沛的。杜氏想像著自己猶如基督復活一般，渾身每一個細胞都被洗滌過了，煥發出璀璨的光芒。安娜與她的女兒欣喜若狂，連躺

在墓穴裡的巴維爾也站起身來加入他們的狂歡。杜氏感覺一個新的家庭就在這個時候出現了，猶如晨曦一般輝煌。柯慈卻告訴我們，晨曦稍縱即逝，破曉的美麗何其短暫，而更為真實的竟然是「喜悅之所以綻放，只為了解釋喜悅消殞的模樣」。

杜斯妥也夫斯基頹然了。這個頹然不只是心理上的，更是身體上的，多少年來，他掩蓋著「等候」癲癇發作的恐懼與深入骨髓的痛苦。柯慈毫不留情地將杜氏引領至滅頂的深淵。杜氏「見到了」吸引並葬送了巴維爾的惡靈。杜氏從警官那裡取回了繼子的文件，面對巴維爾的書寫，杜斯妥也夫斯基傷痛欲絕……。

但是，我們這些細心的讀者卻看清楚了，巴維爾接到的暗殺名單上有著杜斯妥也夫斯基的名字，他不能從命，他被暗殺並且被披上「自殺」的假象。父子之情沒有被湮沒，反而給予杜氏新的創作的力量……。

柯慈在書寫中似乎是一步步地構築著陷阱，用巴維爾的死亡將杜氏引導到聖彼得堡來，讓他的身心都經受了無窮

的折磨。實際上，柯慈卻在探尋著杜斯妥也夫斯基創作的思路，希望沿著那深邃的軌跡抵達雲開日出的境界。

　　颶風的尾巴已經掃過美東的上空，狂風驟雨之餘，我們看到杜斯妥也夫斯基正瀟灑地走出陰霾，以他的如椽大筆刻寫著人性的輝煌與靈魂的昇華。此時此刻，天將破曉，晨曦與喜悅噴薄欲出。杜斯妥也夫斯基正含笑回望著大步趕來的柯慈。

《聖彼得堡的文豪》
The Master of Petersburg

J.M. Coetzee
謝佩妏／譯
小知堂文化

磨稿北窗下

　　這是一本非常著名的書，二〇〇七年初版，很多人都說好。怎麼個好法兒？說話的人卻又沉默，只說看過之後才知道。於是四處尋找，卻無緣相見。直到二〇一二年四月才得到這本書的第二版，增補新版。一開始讀，便明白了，人們的沉默來自於心情的複雜與沉痛。

　　在北京東城的朝內大街166號，有著一個著名的文學出版社，人民文學。許多的作者都曾經說過這樣的一句話，如果能在人文社出一本書，今生心願已了。不僅是人文社地位崇高，更是對人文社文學編輯的信任與尊敬。這些為文學拓路的人，他們是誰？馮雪峰、聶紺弩、張友鸞、林辰、蔣路、牛漢、秦兆陽、綠原、孟超、王仰晨、嚴文井、樓適夷、巴人、韋君宜……。這一連串的名字，每一個都沉重無比。如果感覺陌生，那麼就到谷歌上去找一找，必然會感覺震動。人文社數十年巨大的出版成就，與這些名字緊密相

連。在中國奇特的大環境裡，這些名字幾乎折射出當代知識份子所經驗過的全部歷史。

這本書的作者王培元先生是現任人文社資深的文學編輯。他與我通信，始於二〇〇九年。他的信簡潔、準確、周到，雖然是電子信，卻看得出是出自於一位用字的高手，打從一開始，就贏得了我的信任。更難得的是，他熱誠地幫助一位大陸學人和我建立聯繫，不只一次在信件中提醒我這位學人的研究是有意義的，讓我感動。培元先生與我，則不僅是出版人與作者的關係，也成為朋友，甚至感覺是自家人。並非地緣的關係，雖則多年以前朝內大街、南小街、史家胡同一帶是我走熟了的地方；而是因為有一種語言和情感上的親近。這種親近在讀到培元先生這本書的時候得到了最好的證實。

沒有受到政治運動汙染的中文有著她自身的優雅、含蓄、秀麗。培元先生寫人文社的前輩們，無論他們的遭遇多麼嚴酷、多麼不幸，其書寫都是沉穩、端莊的，沒有任何刻意的渲染。人無完人，再傑出的人也有弱點，培元先生也沒有掩飾這些弱點，心平氣和地寫出在特定的歷史環境裡，人

性的弱點與人的命運之間的關聯，平實而誠懇。

　　培元先生的敘述在忠於事實的同時，也注入了他自己身為文學人的情感，他理解前輩們的心緒，眷戀他們的人格特質，仰慕他們的學養風範，痛惜他們的遭際。於是，他的敘述還給這些飽受折磨的人以應有的尊嚴。人的尊嚴，在很長的時間裡是完全地被忽略了。培元先生的這本書卻使這個議題成為中心，於是我們看到了一種完全不同於一般人物列傳的文字，是文獻、是史料，更是文學。在還原歷史的同時，我們看到了這些人，這些對中國文學貢獻厥偉的人。事件變成了背景，灰暗、陰霾。在那樣的背景上出現了這樣的一些人，我們看到了他們的音容笑貌，看到了他們的奮鬥與掙扎，看到了他們的理想與幻滅，聽到了他們的歌哭與浩嘆，感覺到了他們內心的煎熬與波瀾起伏。正是這樣的一些人，創造出了朝內大街166號獨特的文化氛圍。

　　秦兆陽先生將文學編輯伏案「看稿、改稿、退稿、編稿、談稿、約稿」的工作稱為「磨稿」。這個「磨」字真是傳神、貼切。其實，每個握管人無論是編者還是作者，「磨」的功夫必得下足，才能得到一篇好稿。培元先生與前

輩們一樣，既是編者也是作者，這本書裡面所收錄的文章又多半都是某年某月某日寫「於北窗下」，後面還會有一行字說明修改、修訂、增訂、改訂的年月日，磨稿的時間往往長達數月或數年。看到這樣的兩行字，我便看到了一幅畫，培元先生在靜悄悄的辦公室裡，磨稿北窗下。再次閱讀前輩們的作品、翻閱參考資料簡報文獻、查找前輩們留下的手稿書信照片、回憶前塵往事、任思緒飛揚。繼而，以理性之筆穿透時空，再現前輩們的真實足跡；以感性之筆，抒發後來人與前輩魂靈相遇、精神對話的萬千感觸。

　　培元先生以「精疲力盡」來形容他完稿時的心情。身為讀者，每讀一篇，也有精疲力盡的感覺。要把書闔上，閉上眼睛，喘息一下，才能繼續。但是，當這一批文化人在我們的面前完全地站立起來的時候，我們要面對的卻是一個古怪的問題，說到底，文學藝術，這人類自己創造出來的瑰寶，與那弔詭凶險而且短命的政治到底有著什麼樣的關係？文學與藝術如若未能滿足政治鬥爭某時某地某人的不明所以的需要，創作者們便只能成為「未完成的天才」被冤屈、批鬥、關押、囚禁、勞改、貧病交加、不得善終。我們從這本書中

已經看到了許多的實例，不容模糊。

　　但是，真正優秀的文學藝術也並非掌聲與鮮花可以催生的，更不是浮名與錢財可以誘發的。政治能為文學藝術鳴鑼開道嗎？恐怕也不會有什麼實際的效果。真正傳世的文學藝術都是創造者各自為戰辛勤磨稿的結果，無一例外。當然，文學藝術是矜貴之物還需要天時地利人和的些微保障，在磨稿的過程中不被天災人禍扼殺便是人類的大福氣。從一五○○年到一七○○年，倫敦是一個開放的城市，和平寧靜，百業繁榮，老百姓喜歡舞臺藝術。那時候的英國國策如何，政治環境好壞，我們大概得去翻翻歷史書或者上谷歌去瀏覽一番才能明確知曉，但是那個時代留下來的莎士比亞的詩句卻在漫長的歲月裡滋養著我們的心靈，帶給我們溫暖與美好。這樣的事實讓我們感激那個遙遠的歲月，莎翁有著足夠的空間呼吸、馳騁想像力，寫下詩句和劇本而不至於被砍掉腦袋或者流放到蠻荒之地。畢竟，寫什麼和怎樣寫必得創作者自己拿主意，任何的意識形態都不能也不應該橫加干涉的。

　　嚴文井先生說得有道理，「一切都終歸於沒有」，在可

以預見的將來，朝內大街166號的灰色樓房將被拆除，在那個地方會立起一個什麼別的建築來。但是，培元先生磨稿北窗下的成果使得朝內大街166號將永遠鮮活生動地留在海內外華文讀者的記憶深處，所有的陰暗、暴戾、蕭瑟、痛楚必將因其歷史的緣故而時時警醒著我們，柔和、細膩、溫婉、浪漫的情愫則將留下來陪伴我們，帶給我們希望與慰藉，無論窗外是風狂雪猛的蕭殺嚴冬或是繁花似錦的早春天氣。

《永遠的朝內 166 號》

王培元／著
北京人民文學出版社

不能忘情小説

正在看王定國的小說，被小說的溫柔氣質所吸引，手不釋卷，讀得津津有味。忽然聽到一種聲音，似乎，在文學的長河裡，以「帝王將相」為主角的「大河小說」都是男性作家書寫的，以「英雄」為主角的「大敘事」也是男性作家專屬。換句話說，便是「大作品」幾乎被男性作家包辦了。聽到這番議論，馬上就想到紫式部，她書寫的正是「帝王將相」，《源氏物語》正是「大作品」。而且，她是古代的日本女子，相信那時候日本以及全世界都還沒有人知道「女性話語」是什麼意思，更不知如何去「顛覆」男性主導的「大敘事傳統」。

那聲音裡面的凌雲壯志，似乎並非必要。文學的長河裡，只有經得起時間考驗的好作品。一部《源氏物語》是好作品，已經傳世；小巧得多的《枕草子》也是好作品，也已經傳世。有趣的是，這兩部重要的日本古典文學的作者又都

恰好是女性。從另外一個角度看，大家基本上不會否認托爾斯泰的《戰爭與和平》是「大作品」；但是，誰也不會認為契訶夫的《第六號病房》是「小作品」，更不會認為中、短篇小說作者，或者無心經營「大敘事」的寫作人都是「小作家」，無論性別。

好的文學作品是沒有大小之分的，優秀的作家也沒有大小之分，作家的性別也不應當成為被「顛覆」的對象。用心書寫是每一個寫字人的本份，能否傳世則完全不必事先計畫，畢竟，好的文字的生命歷程比作者個人的生命長久得多。

現在，我們面對的作家恰恰是一個非常有意思的例子。沒有念過大學的王定國在服完兵役以後做了幾個月的公務員，緊跟著，就開了一家小公司，一步步成為一位成功的建築商人。他十八歲的時候就在文壇初露頭角，勇奪時報、聯合報文學獎。沉寂了二十五年之後，他成為臺灣文壇獨一無二深夜寫小說的建設公司董事長。是什麼樣的動力，使得這位成功的商人在夜裡用不熟練的手指敲鍵，寫下一篇篇精采耐讀的短篇、中篇小說？王定國坦承，不能忘情小說。是心

裡鬱積了太多的情感，不寫下來會受不了嗎？王定國說，他不是為自己，甚至也不是為讀者，他寫小說只是為小說人物發聲。他心裡只有這些人物，他們不是「帝王將相」，也不是一般定義下的「英雄」。但是他們的人生、他們的情感、他們的追求都值得我們的小說家來細細書寫。這位心思細密的小說家又正好是男性。

王定國這樣說，「小說與建築，前者如履薄冰，情景的書寫成為探險者的天堂；後者則常因為玩得過火，很多人都跌落地獄。九二一地震之夜，臺中許多建商朋友的建築物應聲而倒，那時我才深深體會到，小說的虛構遠比鋼筋水泥要強悍多了。」

人性光輝與人在內心深處所保有的希望之火確實遠勝鋼筋水泥的強韌。

〈落英〉描述幾個男人結伴駕車同行，陰錯陽差，在濃重的暮色裡開上一條險峻的山路，然後在大霧中出事，車子懸吊在巉岩上，車內的人每出去一個，車子後座的重量就減少幾分，車子傾覆落入山澗的機會就增加幾分。就在這個勉力保持平衡，懷著渺茫的期待希望獲救的過程中，最後留在

車內的兩個人竟然是早年的情敵。多年不見，境遇已經大大改觀的兩個人一見到彼此就面對著生死抉擇。如此驚險萬狀的遠遠不只是車禍本身，更是一個人內心的風暴。這個人將存活的機會讓給了自己的情敵，一個比自己軟弱的人。生死懸於一髮間的時刻，王定國用清晰的筆觸讓我們跟著這個人回首往事，他不是世俗社會裡人們所謂的「英雄」，卻是一個大寫的人。他所經過的人生與情感也是芸芸眾生都會碰到的，我們也和他一樣會面對許多選擇。扣人心弦之處在於，王定國並沒有試圖去「提升」什麼，他絕對不喜「現場直擊式」的書寫，他精雕細琢，成就的是小說藝術。讀者跟著他，則走了一遭冷汗淋漓午夜捫心的險路。

中篇〈那麼熱，那麼冷〉對於小說愛好者來講，有著極強的吸引力。讓我們看到現實的背面，看到表象之下幽微的人性，那是小說家不止歇的探尋，卻不是顛覆。

在臺灣經濟起飛，人們的生活富足，社會轉型的喜悅裡。早年為了躲避債主逼迫而離家遠去的丈夫、父親返家了。是被事業成功的兒子「安排」回來的。「返家」，在眾人眼中是一種「和諧」的象徵。我們卻隨著小說的展開悲傷

地看到虛浮的「熱」下面人際之間堅實的「冷」。人的內心敗絮般的頹唐與木然，一波波將人生引向不可知的未來。惟獨真正溫暖的是婆媳之間的相知相惜，兩個苦命女子互相傳遞著的理解與痛惜。但是，無奈之中，人僅存的一絲善念、一點良知卻在關鍵時刻成為阻止繼續沉淪的救贖。讓我們喜出望外，又讓我們感覺理當如此，並非作者的刻意經營。

臺灣《印刻文學生活誌》總編輯初安民不僅「推動」了老友王定國沉寂二十五年之後的「回歸」文學世界，在雜誌上刊出小說家新作的同時，更刊出了編者與作者的對談錄。王定國甚至建議讀者在讀他的小說之前，先讀這篇對談。當然，《印刻》雜誌的讀者們已經在不經意中這樣做了，於是對王定國小說獨特調性「迷人的冷靜與美麗」有了預期。當這預期在閱讀中落實的時候，讀者自然會感覺幸運，因為這來之不易的「回歸」。

小說家楊照這樣說到王定國，「之後，還沒有忘情文學，忘情小說。繼續倚違於理想的閃亮與幻逝之間。」王定國卻告訴我們，他將人生的孤寂丟進竹製的錢筒，「存進去的，是每天從心裡掏出來再丟進去的某種神祕的東西。」

寫小說，便是慢慢的一點一滴的將那神祕之物小心翼翼取出來，用情感，將其化身為文字，令人無法忘懷的文字，例如他二〇一四年春天的「短小說」〈本壘〉和〈無曲〉。

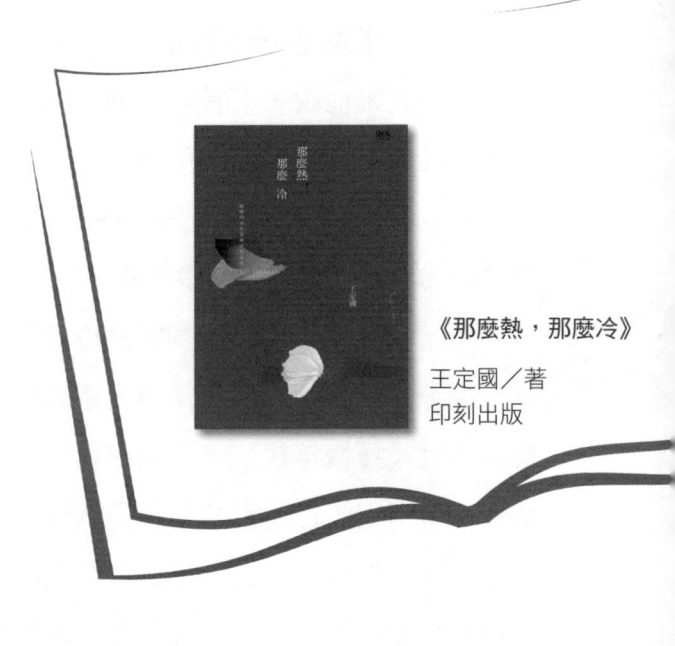

《那麼熱，那麼冷》

王定國／著
印刻出版

小說是可以這樣寫的

　　住在大陸某地的一位老友很熱誠地在信中跟我說，某位名家的經典小說是一定要讀的，「哪怕看一部也好。」朋友提醒我。我跟他說，「看潘婧吧。」朋友是讀書人，沒有問潘婧是誰。在臺北，與一位好友見面，他便談到茅盾文學獎之類的。我跟他說，「看潘婧吧。」朋友是讀書人，認真地將潘婧的名字寫在他的記事本裡。

　　潘婧的好，無法三言兩語寫得透徹，但是我還是要試一試。這一部書的題目叫做《另一類的回憶》，其中包括一部長篇小說〈抒情年代〉，一部中篇小說〈展若〉。全書一開篇，作者引用了芒克和多多在上個世紀七〇年代的詩句，猛然間，我就想到了顧城。想到了空茫與殘酷。這一個念頭也就在猛然間拉近了我與小說作者潘婧的距離。小說在這樣短的時間裡將讀者緊緊抓住的機會並不多，除非是詩。

　　潘婧也寫插隊，這個題目無數支筆在寫，其中不乏名

家。潘婧卻是全然不同的。她和多數人一樣不得不下鄉，被分配到一個離北京四百華里的湖區，居然與另外一個女孩，獨門獨戶地住在一個小島上。這就讓我十分地羨慕了，十二個女人擠住在一間庫房裡的困窘讓我想到就是插隊也是各式各樣。更精采的是她們居然從北京的家裡託運來了床板。多少知青剛剛把戶口遷出，家裡人就迎來了用得著的三親六戚，床板自然是被占用了，住了多年的小屋自然是住了別人，知青們不但是被自己生活過的城市拋棄，也是被自己的家人掃地出門了。何止於此，插隊前夕，母親一針一線為女兒縫製了一床厚被子，被面卻是繡著大朵牡丹花的金黃絲綢。看潘婧寫到這大朵的牡丹花覆蓋在她們的方舟之上，周遭是裸露著磚牆的陋居，門外是景泰藍般的湖，室內是兩張床板拼湊起的方舟，方舟之上便是這怒放的牡丹花了。她告訴我們，這樣的對比讓人聯想到梵高的畫。而且，這樣的對比讓人感覺到的不是生活的艱苦，而是椎心的荒涼。我的心緒卻始終離不開那些紅紅白白的牡丹花，那金黃色的絲綢。這位母親一針一線縫著這床被子的時候，她在想些什麼？中國人嫁女兒，才會把這樣的被子細細縫起吧？她飛針走線的

時候，是不是有著一種將女兒嫁了出去的決絕呢？一種在有生之年看不到女兒出嫁的絕望才是這床錦繡被子的真正內涵吧？果真，潘婧在後文中便告訴我們母親說出來的話，沒有明天，只有暗夜。很多人寫到這樣一個地步就會停止。潘婧卻繼續地寫著，寫著父母怯懦的惰性。寫著那普遍存在於那個年代的怯懦怎樣使得她們看不起父母。但是她們卻從家裡託運來了床板，床上有著厚厚的棉被容她們做白日夢啊。她們甚至常常回北京呢，常常賴著不走，從家裡拿些零用錢，到處借書看，遊走在各種「沙龍」裡，這才開始了與詩人的戀情。但是一向怯懦的父母卻是用最徹底最粗暴的態度來對待女兒的初戀。這與當年的許多父母又沒有了任何的分別。這是許多的深刻而殘酷的恩恩怨怨，它們折磨著人，它們加強著政治運動所帶來的磨難。

潘婧的語言充滿了詩意，這詩意的語言讓那殘酷格外的椎心刺骨。「我知道我是他們的女兒。我生活中被永遠毀滅的一部分，我心中無可修復的廢墟使我與他們永遠息息相關。當我站在另一個地方，遠遠地望著他們的時候，在這樣的時候，我對他們充滿了悲憫之情。」

那麼，年輕的女兒的青春又是怎樣的呢？「在等待的期望之中，依稀閃過模糊、甜蜜、淒涼的幻想，銀灰的淒涼，如湖上的霧，這是青春的真正的底色。」

那便是中國人經歷過的歷史，十年或十多年。這段歷史是這樣的近，於我們而言，好像只是昨天的事情。於是，一邊細細閱讀，一邊喃喃自語，與潘婧說到東說到西，這才是一種極少有機會出現的閱讀經驗。我們那時候如何長短，便是細節討論的開場白。而細節，卻是逼真的，不但是我們可以看到的，還有主人公內心的波瀾起伏，內心裡對世事的評斷。

關於寫作，潘婧一直在尋找一個形式，「我們沒有能夠掌握敘述我們自己故事的形式。或者說，有關我們的時代，我們的以生命和青春為代價的慘痛的經歷，我們的新鮮而殘酷的感受，所有這一切並沒有釀造出一個可見的形式。很久很久，我們失去了創造的能力。」

在那個年代，小說與散文確實乏善可陳，但是朦朧詩，那曾經突破管制流行於地下的文學不是到了今天還是有著意義的嗎？其實，女友的小說，詩人所寫的唯一的也是未曾發

表的小說，也都有著意義。它們是與昨天的訣別。我很想跟潘婧說，她現在呈現在讀者面前的這部小說就有著獨特的形式。時間和情節並不是引領作品發展的線索。我們在書中看到那樣一個年代，那樣一個正在被遺忘的年代，看到人們在那樣一個年代裡所特有的精神狀態、行為模式。小說是可以這樣寫的，成功的小說是可以這樣寫的。

　　潘婧曾經面對早期朦朧詩的作者，近距離觀察他們。在小說中，她細細描述了朦朧詩誕生的土壤是無涯的絕望，而不是當代文學研究者們所得到的結論，朦朧詩的起源是希望。其形式便是我們看到的詩人的人格分裂，他在現實生活中製造神話，掩埋慘痛的成長過程。我們不禁暗暗揣測，歷史的真實面貌不就是在許多不斷掩埋的過程中走了樣嗎？

　　〈展若〉清晰、直白、有力，透過一位倔強、自尊的女孩展若的人生道路來明確地提出作者自己對文革這樣一個歷史時期的理解，「我們的行為的真正內驅力是恐懼，恐懼有時表現為施暴於他人，有時表現為自虐。邪惡是無形的，它存在於每一個人的心中。『文革』所特有的氛圍激發了人的欲望與恐懼，而絕不是理想與道德。」不僅如此，這樣的

氛圍正是「集體」虐殺「個體」的極致。展若卻是一位奮力保護個人尊嚴的勇者。十年的蹉跎過去了，我們都有了新的人生。然而，我們和潘婧一樣都寧可有一個未曾被毀損的青春。

　　潘婧本人在著名的文學出版社工作多年，這兩部小說完成於九〇年代和世紀交替之際，一再修改，出版於二〇一〇年初。

《另一類的回憶》

潘婧／著

北京作家出版社

活水源頭

　　曾經多次與臺北著名藝術家、資深文學編輯與出版人侯吉諒先生談及寫作之種種。吉諒是詩人也是優秀的散文家，一日在閒談中，我說好像沒有見吉諒寫小說，他微笑，寫小說需要分身之術。

　　此言非虛，寫小說需要許多的準備工作，實行起來，分身之術的靈活巧妙運用不可或缺。

　　相傳，歐洲文學傳統中的novel，起源於古羅馬彼特隆紐斯的《薩迪里卡》，一部「流浪漢小說」，可惜的是留存到今天的只剩兩章殘卷。於是，人們論及歐洲小說之父，便會公推古羅馬時期的哲學家、修辭學家、文學家路鳩士・阿普留斯（約公元後124～170）。阿普留斯的《金驢傳奇》，或者許多讀者所熟知的《變形記》具備了「小說」這樣一種文體的全部素質，與早些時候古羅馬奧維德集希羅神話兩百五十多則於一書的「神話寶典」大異其趣。雖然，在奧維

德的書中，人類也變形為動物植物，但是絕非阿普留斯將自己變成了一頭驢子，再由驢子回到人形。換句話說，穿梭於虛幻與真實之間的不再是無關痛癢的「別人」而正是作者「自己」，這便開創了書寫的新局，將虛構與現實熔於一爐。更何況，雖然古希臘與古羅馬的詩歌傳統使得這部小說具有優美典雅的詩情畫意，但是，全書的敘事已經使用拉丁語散文而非韻文；故事的內容既不再是神話與傳說，控制故事發展的也已經是作者本人。阿普留斯個人的智慧、修養、性格在書中有了最為徹底的表露，尤其是分身之術充分而靈活的運用，使得這本書成為小說文體的活水源頭，至今影響深遠。

　　路鳩士在這部書中是一位風度翩翩的青年貴族，以第一人稱的敘事方式來講述他「個人」的歷險。那是古羅馬鼎盛時期，古希臘輝煌的文學藝術傳統被全盤吸納。路鳩士在遊歷途中便聽到一連串的故事，這些故事在傳頌的過程中自然而然地被說故事人添加了斑爛的色彩。將近兩千年之後，人類中的相當數量已經不再騎馬或者徒步遠行，三星四星五星級的旅店也已經沒有了早年客棧中的溫煦風情，旅人已不可

能徹夜長談彼此交換見聞。於是，阿普留斯的小說便將我們帶回古代羅馬，讓我們在馬蹄揚起的灰塵迷濛中、在塘火的氤氳中喝酒吃肉，在說故事人抑揚頓挫的敘說中恢復體力，準備著第二天的冒險。

細細觀察，路鳩士在這些故事裡深深埋下伏線，神蹟的至高無上、巫術的無所不在，以及人性的純真忠誠美好、人性的惡毒忌妒貪婪兇殘，這些被兩千年來無數小說家戲劇家繼續描摹的素材在這裡都有著它們自己的位置。最重要的，路鳩士寫出了他自己的不可理喻的好奇之心，他的耳朵捕捉著所有他未曾聽聞的奇人奇事，他的頭腦和手腳也沒有閒著，力求一探究竟，不惜以身涉險。

最精采之處在於，對於路鳩士的好奇之心，他得到了許多真正好心的忠告，警告他止步、掉轉身去、速速離開。但是，路鳩士也告訴我們，好奇之心正是一位小說家不可或缺的素質。他在好奇心的驅使下一意孤行，於是真正的冒險開始了。

旅途中，路鳩士來到吝嗇鬼米羅的家，米羅的妻子彭菲麗是一個著名的巫師，喜歡年輕漂亮的男性，而且會用巫

術來達到她的目的。路鳩士母親的好友柏嫻娜像母親一樣疼愛路鳩士，不但警告彭菲麗可能帶來的危險，甚至請路鳩士搬到自己家裡來住以趨吉避凶。但是，路鳩士不肯，寧願忍受在米羅那裡幾乎無飯可吃的困境，一方面是他對巫術充滿了好奇，一方面是他對彭菲麗的女僕、美麗的浮蒂絲愛到不行，捨不得離開。

　　令人讚嘆的是彭菲麗正專心致志對付另外一個青年，千方百計要將那青年擒獲到手，對路鳩士完全沒有興趣。一日，彭菲麗在身上塗滿一種油膏將自己變成巨大的飛鳥，以便去施行對於心念中的青年的種種詭計。在一側偷窺的路鳩士竟然也想把自己變成飛鳥，嘗試飛行的歡娛。特別是他早已得知心愛的浮蒂絲不但是女僕也是巫師的助手，每次巫師變形之後都是浮蒂絲為她準備解藥，幫她恢復人形。他想，變形成飛鳥再恢復人身都不是問題，為什麼不來實驗一下？那實在是太神奇太有趣太好玩了！

　　浮蒂絲偷來了油膏，路鳩士將它塗抹到全身，他沒有變成飛鳥，他變成了一頭驢子。浮蒂絲說是兩瓶油膏「幾乎一模一樣」，她拿錯了！但是解藥是有的，那便是新鮮的玫

瑰。浮蒂絲因為愚蠢而錯拿了油膏，或是命運使然，我們不得而知。

　　毫無疑問的，折磨馬上就來臨了，路鳩士來不及尋找玫瑰就被闖進門來的強盜劫掠而去，從此，他（或牠）便負重、挨打、走在尖利的石塊上、食不果腹、一再被轉賣，真正是苦不堪言。但是驢皮之下卻是一個受過良好教育的人，有著自己的是非判斷與智慧，他不斷試圖逃離也不斷尋找玫瑰解藥，都沒有奏效。苦難似乎是永無盡頭。與此同時，他因為有著驢的外型，處在完全被「忽視」的狀態中，於是他聽見或者看見了無數故事的發生，這些故事不但豐富了這本小說，而且對書中的路鳩士這個人物產生了潛移默化的影響。細心的讀者在這個時候看到了作者如何「分身」，如何創造出這樣一個人物使他完全不同於作者本人，而且栩栩如生、鮮活自然。

　　我們終於發現無所不能的命運之神並不能恣肆妄為，路鳩士的苦難與虔誠感動了埃及女神伊西絲，這位宇宙之母教給路鳩士恢復人身的方法。這一回，路鳩士半點好奇心也無，謹守教訓，在一場盛大的拜祭女神的儀式中，從一位教

長的手裡吃到了新鮮的盛開的玫瑰，恢復了一位風度翩翩的貴族青年原來的樣貌。恢復過來的還有路鳩士對好日子的依戀，當他得知他應當入教並擔任聖職的時候，馬上想到教士們生活之清苦而有所猶疑。伊西絲藉助大神之奧援，路鳩士三次入教，這才圓滿。他不但擔任聖職、成為律師，並且因其學問而聞名於世。心靈的安寧、名與利竟然全有了！果真，命運之神並不容易對付，伊西絲要辦成一件事須得如此大費周章！

玫瑰是解藥得到了證實。浮蒂絲是否因愚蠢而犯錯卻值得小說家們不停地寫下去，於是小說的長河便洶湧澎湃起來，源頭處，阿普留斯杖杖而立，面露驚喜，遙望著我們。

《阿普留斯變形記——金驢傳奇》
Metamorphoses
(The Golden Ass)

Lucius Apuleius
張時／譯
臺灣商務印書館

地上的鹽

　　世界上有這樣的兩個人，一位住在紐約布魯克林，一位住在澳大利亞。從二○○八到二○一一年，他們頻繁通信三年零四個月。在這段時間裡，兩個人，兩個家庭也積極尋找見面的機會，每次相聚的日子都好像在天堂裡，帶給雙方無限美好。把這些通信集結起來，成為一本書。沒有畫外音，沒有導讀，沒有目次，沒有序言與跋語。就是一堆信，有的是用打字機打出來的，有的是使用飯店提供的原子筆寫成的。交換的方式有時候付郵，多半是傳真。當然，遇到「緊急狀況」也會用電腦書寫伊媚兒。這一堆文字，寫它們的時候，似乎沒有準備要發表。等到真的結集成書了，卻思想與情感漫溢，羨煞世間人。西方有句俗話，對於罕見的、有益於世界的好人，說他們是「地上的鹽」。這兩個人正是地上的鹽，南非作家約翰・柯慈和美國作家保羅・奧斯特。

　　在此之前與之後，為什麼沒有其他的信件？尤其是二○

一一年以後，發生了什麼事？這本書沒有任何的交代、任何的暗示與提醒。這本通信集似乎只是要我們珍惜「此刻」，珍惜在這樣的一段時空裡，兩位友情深厚的小說家給我們提供的思想激盪。

他們究竟在談些什麼，會如此的引人入勝？會讓這樣一本非虛構、非科幻、非八卦、非驚悚、非腥羶的書寫暢銷再暢銷，無數讀者愛不釋手，讀之再三再四？

他們竟然是從一個平常的字眼開始的，友誼。在人際疏離，要靠「聯誼」的方式增進極其表面的情感之今日世界，確實很少有人真的去思考這個樸素的詞彙了。熱情洋溢的小說家保羅靈光閃動，認為最牢固和最持久的友誼是以仰慕為基礎的。這就很耐人尋味了，因為仰慕會將對方變得更加高大。深思熟慮的約翰有保留地同意這個通則，但是卻提出了性別差異，仰慕朋友的多半是男性，而且當高尚與榮譽退色之時，仰慕便不再有後續力，友誼也就無疾而終。兩人更進一步，談及愛情與友誼的巨大差異，如果愛情不能昇華為友誼，婚姻的長久便沒有保障。

由此，兩人將仰慕這個詞語與體育運動聯繫起來，在

小孩子的眼睛裡，運動明星就是英雄，是自己一心一意要效仿的對象。小孩子長大了，對英雄的敬畏之心顯然會有一段時間伴隨著些許的嫉妒，怎麼我不是費德勒呢？但是，很快的，觀看球賽時整個人會被洶湧澎湃的歡樂淹沒，歡喜讚嘆，一個人在競技場上竟然能夠如此完美。在這樣的時刻，保羅所鍾情的運動美學與約翰所強調的運動倫理學融合在了一起，勝負已然不再是生死攸關，代之而起的是「在比賽中全神投入所可能帶來的身心兩方面之裨益」。參賽者如是，觀戰者亦如是。二〇一四年初夏，足球世界盃在巴西激烈競逐中，球迷們此時此刻捧讀這本書，心有戚戚是必然結果。

　　人類的「爭勝之樂」永無止境，最極端的例子便是走鋼索的法國人佩帝（Philippe Petit），他寫了一本書，保羅將其翻譯成英文。二〇〇八年，這本書被拍攝成一部紀錄片 Man on Wire，並且在奧斯卡獲獎。保羅將這部電影的DVD寄給了約翰。從他們關於這件事的通信中，我們能夠看到兩位友人的真性情。佩帝從小熱愛走鋼索，長大以後認為馬戲團的表演太過小兒科。他曾經在巴黎聖母院和雪梨大橋上走鋼索，但是，佩帝最瘋狂的行動是一九七四年走過吊在紐約

世貿雙子星大廈之間的鋼索。當然，這個計畫是絕對沒有辦法事先徵得紐約市政府同意的。佩帝和他的朋友們躲開大樓警衛的視線在夜間將鋼索繫到兩座摩天大樓的頂端。到了白天，在許多紐約市民的仰望中，佩帝沒有任何的安全措施，只是雙手緊握一根長桿以保持平衡，走在了這條「細如髮絲」的鋼索上。在高空中，他走著、坐下，甚至平躺在鋼索上，用四十五分鐘時間享受整個人類沒有第二個人能夠享受到的愉悅。保羅認為這是他生平僅見「最美和最扣人心弦的成就」，「是那麼的令人驚愕和壯闊」，每次想起這些可以歸類為「無用的藝術」的壯舉，「都會為之顫抖」。因為佩帝的幾次行動都是這樣的超出人們對人類極限的正常預期，保羅感覺自己的內心被震裂。

　　嚴厲的約翰看了這部電影，對電影的剪裁提出許多的意見。同時，他構思出一個「更棒」的故事，一個卡夫卡會喜歡的故事：一位年輕人走過懸在深淵之上的鋼索，沒有失足，平安抵達安全地帶，之後不再走鋼索，成為一個「普通人」。因為一切都在鋼索上改變了，他成為另外一個人。約翰這樣說，「所以，我要寫的並不是佩帝那樣的真實走鋼索

者，而是一個對形而上界敞開的走鋼索藝術家。不過，一個對形而上界敞開的藝術家大概是不可能不自疑的，也因為如此，一定會從鋼索上掉下來。」

　　保羅卻對「無用的藝術」抱持熱烈的觀感，「這些『無用的藝術』比傳統的藝術（文學、戲劇、音樂、繪畫）更能表現人類美學衝動的本質，更足以證明藝術之所以重要是因為它的無用，證明我們每當為追求純粹快感而做某些事時，我們就是在最深刻和最有力的意義下是個人類——哪怕它們需要不知多少年的艱苦鍛鍊（如跳芭蕾舞）或包含著巨大危險（如走高空鋼索）。」

　　但是，我們都知道，偏執專注、不懈自我督促、不善哲學思考卻極富歷史意識的佩帝，是一定不會從高空鋼索上掉下來的。換句話說，發生在我們真實生活裡的事情有時候會類似小說，而如果虛構有可能轉變為真實，那我們大概就必須重新思考真實的定義……。

　　如此這般，約翰與保羅的筆談各抒己見，就寫作、人生、金融風暴、社會倫理、人類如何對待被自己創造出來的悲慘現實，等等問題展開討論。讀著這許多的書信往還，我

們常常忍不住問自己，這樣兩個截然不同的人，這樣兩粒折
射出今日世界的晶瑩的鹽，他們之間友誼長存的祕訣何在？
答案牽扯到許多值得我們探究的因素。無論如何，在我們掩
卷的時候，我們會深深嘆息，一本書之所以好，正是因為它
的絕無僅有。

《此刻——柯慈與保羅 ·
奧斯特書信集》
Here and Now: Letters
(2008-2011)

J.M. Coetzee & Paul Auster
梁永安／譯
寶瓶文化

引經據典談飲饌

朋友一看這個題目就笑了，飲饌飲饌，不就是吃吃喝喝嗎？哪還用得著引經據典呢？這回輪著我笑了，我跟朋友輕聲慢語，那得看是誰談這吃吃喝喝。我把這本書的封面翻過來，一看龔鵬程三個字，朋友就正襟危坐起來，悠悠地說，這位先生是能夠把任何事情做成學問的，誰會忘記他在華府侃侃而談，將「俠的精神文化」談得如此生動、如此豐富、如此激動人心，那也是一次引經據典的課程呢。

這些年來，一直想著要在這個專欄裡推介龔教授一本書，猶豫來，猶豫去，最後在七十多本書中選中這一本，其根本原因是本來以為大致知道的事情，看到了這本書才知道那「大致知道」其實仍然是幾乎完全沒有概念的。我們都知道孔子在〈鄉黨篇〉曾說：「食不厭精，膾不厭細。」我們便知孔聖人好吃。既不知其好吃的程度如何，更不知這與中國人的人生觀世界觀有任何的關聯。龔教授卻是從《楚辭》

來告訴我們，好吃，講究吃，覺得為了好吃的東西，那怕將已離世的魂魄招回來，都是有意義的。這個時候，我們才約略明白，對美食的追求是這樣地深植於華夏民族的文化精神之中，完全不是其他民族能夠想像的。

早先讀《楚辭》〈招魂〉篇，印象最深的是不可去之處，東西南北方都危險至極都不可去，於是這被召喚的魂魄啊非回家不可。印象如此之深當然與教書先生的態度有關，也與生活的環境有關。六〇年代初的中國大地，飢餓當道，自然不敢談吃。然則，龔教授直指能夠吸引死去的人回返家園的第一重點便是「吃喝之樂」。什麼都有的吃，無論是稻米、禾爵麥、黃粱；豆豉、鹹鹽、酸醋、椒薑、飴蜜；自然少不了肥牛、嫩羊等等。如此這般，天上飛的、地上走的、水裡游的，經過巧手烹饌，再加上美酒佳釀，這人間世就有了無可比擬的吸引力。龔教授告訴我們，〈招魂〉早有明示，這叫做「食多方」。

另外一篇美文更不得了，〈大招〉篇氣勢磅礡，將一個食與飲的世界描摹得驚天動地。龔教授總結說，「由這樣的描寫，可知飲食之樂是人活著時最主要的快樂，甚或可以

認為是人活著的主要目的：因為有那麼多東西好吃，所以人才捨不得去死；所以死掉以後的魂魄才會為著貪戀這種快感而還魂歸陽。這種觀念，對於理解中國人的生活世界來說，真是太重要了。」這話很可能是對的。但是我們這些人沒有趕上那「有那麼多東西好吃」的好日子，所以在很長的時間裡，人間世對於我們來講也就沒有那樣令人蕩氣迴腸的吸引力。

但是，缺吃少喝的時代畢竟是短，中國歷史上的好日子還是很不少的。遠的不說，龔教授用一篇〈飲饌的文學社會學：從《文選》到梁實秋〉就讓我們明白「在中國社會中，飲食是接納某人成為一個群體的進入儀式。辦一桌酒席，請大家吃了，這一群吃飯的人便成為一個生命的共同體。祭喪與共、守望相助、共同遵守協商的行為準則與倫理規範、共同承擔義務。」若有違背，便須再次請吃飯，來彌補其裂痕。這與意識形態為主旨的「社會」自然是大不相同的。憑良心說，我更喜歡這個不斷因為各種理由而須得請客吃飯的社會。再者說，明白了這樣的道理，中文世界的許多文學現

象才好理解。

龔教授說，「文人以飲饌結社的當代代表，是新月社。」真是一石擊起千層浪。數十年來，有人愛，有人恨的新月社引出多少議論文章，就是沒有人用這樣的十二個字來描述。

先是脾氣相投的文人餐聚，然後才有新月社，然後才有帶著歐洲風的紳士俱樂部。「可是這個俱樂部在飲饌趣味與走向上，又不同於歐洲的紳士，與中國當時的上流社會或資產階層也是有距離的，反而比較接近市民飲食。」龔教授如是說。

也正如龔教授所說，新月派的梁實秋先生晚年那秀氣、典雅、精緻的「談吃」散文卻是為新月社做了一個完美的結束。

這些散文帶著老北平特有的風味，特有的文化。我們這些沒有趕上好時候兒的人，便是從梁先生的文章裡感覺著我們少年時住過的北京實在是一個十分無趣的地方。

〈飲饌的文學社會學〉便是這樣，從中國的第一部文選

一直談到今天的人們能夠捧讀的梁先生的文章，為我們開了一扇大大的窗戶，讓我們看到時代的嬗變，趁便仔細琢磨琢磨，這文化兩個字到底是怎麼回事情。

手中這本四百頁的大書談古論今之餘，也在年節盛筵之後仍然能挑動起我們旺盛的食欲。一篇〈且食羊〉真正妙不可言。就我個人的烹飪經驗來說，羊肉最好吃，嫩羊也是肉品當中最容易調理，最不容易失敗的了。更不用說當基督徒與穆斯林同坐一桌的時候，調理得當的嫩羊帶來的是真正的和樂融融，此時此刻，千年的恩怨一筆勾銷。龔教授在文章中說及許多古老的食單被歲月湮沒，吃不到了，尤其是與羊肉搭配的好食單，幾不可尋。這就讓我腦筋飛轉，下一回，龔教授再來華府，我一定要請他吃一頓晚飯，食單如下：大蝦起士煎餅，雪莉酒雞湯，快煎無骨嫩羊，普羅旺斯茄子條，阿爾薩斯土豆，香水蘇夫列。

就在我東想西想的當兒，朋友已經從這本書裡學到了本事，她跟我說，這一回到巴薩隆那去，絕不會再滿世界找中餐館，一定要照龔教授所說，做一個好的旅行者，去嚐嚐西

班牙的地方菜。我就跟她說，你在穿街走巷的時候幫我買兩三包蕃紅花好吧？朋友驚詫，兩三包，那得多重啊？一包一克而已，我微笑回答。

《飲饌叢談》
龔鵬程／著
二魚文化

史料與人情

　　簡直難以置信，打開一本書，撲面而來的竟是溫馨、溫暖、溫煦之風，多久沒有這麼美好的閱讀經驗了？

　　所記十二位作家，一開篇便將其生平事蹟寫得清清楚楚，在這個許多人靠智慧手機過日子的時代，這些經過反覆核實的史料便有了極高的價值。緊跟著，臺灣文學編輯丘彥明將她與這許多作家交往的過程詳詳細細地告訴我們。歷史上的一個巧合，這許多作家寫作的高峰期正是臺灣報紙副刊最蓬勃的時代，而丘彥明正好在那黃金時代擔任文學編輯，她對文學事業投入的情感熾烈。還有一個重要的因素，那就是在出版業備受考驗的今天，臺北允晨出版社眼光遠大、意志堅定，毫不動搖地維護著文學。於是這本書才有了機會在初版二十六年後經過作者修訂再次與讀者見面。這本書洋溢著作家、編輯與出版社之間最為美好的情誼，為臺灣文學出版成就如此驕人做出了一個實在的例證。

在各種場合見到臺靜農先生的書藝，一再被感動。未曾想到，臺先生曾經是相當重視寫作技巧的小說家，而且對現代文學有著非常獨到的見解。

想當初，剛剛離開中國大陸，趕緊在香港買一本英漢漢英字典。字典的編寫者是梁實秋先生。多年來，梁氏字典翻爛了一本又一本。多年來，讀他翻譯的莎翁樂府、讀他編寫的英國文學史，讀他雋永的散文、小品。總是在想，人生歷練如此豐富的梁先生為什麼不寫小說？我們在這裡讀到彥明的訪問記，梁先生這樣說，「小說與戲劇皆吾所好，二者均需要一種『構造美』（architectonic beauty），我自己知道，如果有所創作，我或可努力試作點的深入、或線的延長，但是缺乏立體建築的力量，因此對此二類型未敢輕易嘗試。因此我只好寫散文，雖然寫好散文亦非易事。我寫了幾十年，仍然難得寫好……」這一席話，何等坦誠、何等中肯。對於現下通用的白話文，梁先生指出不夠精緻、不夠雅健、過於囉嗦的通病，「要寫精緻一點的白話文，需要借鏡文言文」。梁先生告誡我們，一個人若是不能寫出相當通順的文言文，大概也就寫不出好的白話文。聽在整日忙著發簡訊的

人們耳裡，豈不等同於來自遠古的鐘聲？

我與三毛僅僅見過一面，眾聲喧譁的大宴會廳，我們差不多就要擦肩而過，我看到她，自然停住腳。她笑了，說了一句話，「我愛沙漠，你也愛沙漠」。似乎沙漠是我們在千萬人中認出彼此的原因。讀了她許多文字，感受到她與荷西之間的情感，更感受到她內心的孤絕。想到三毛就會想到妮可・基嫚在離婚多年後談到湯姆・克魯斯的時候說過的一句話，「那時候能夠愛他就夠了，哪怕去死，哪裡會想到其他？」妮可亮晶晶的眼睛總讓我想到與三毛對視的時候，她眼睛裡的神采。彥明是這樣的編者，收到三毛痛徹心扉的來信，會飛奔到西班牙的加那利島去看望她。總是記得沈君山曾經說過，在別人需要救援的時候，三毛會敞開心懷。可是三毛需要救援的時候，我們在哪裡？其實，我們都知道，先有丘彥明，後有蘇偉貞，在三毛痛不欲生的時候，她們曾經在她身邊。然而，讀了這樣的文字之後，我們還是會明白，獨一無二的三毛對於今生今世毫無留戀。荷西在哪裡，哪裡就是天堂，就是三毛要去的地方。無論如何，看完了彥明寫

的〈加那利記事〉，似乎聽到三毛在耳邊說，大海的那一邊就是撒哈拉。這才是三毛在加那利棲身的全部原因。

　　真是感慨，與編者之間的情誼對於作者而言簡直就是沙漠與甘霖之間的關係。編者是作者的第一位讀者，他或她的觀感直接關係到作品的命運。編者對作者的關心不是表面的敷衍、不是公事公辦，因為他們早已從作者的文字中對作者有了真正深入的了解，甚至他們很可能比作者更了解其現實處境。或許有人會說，丘彥明那個時候的故事早已不存在了，她一九八八年離開聯合報系、離開臺灣、遷居歐洲。那個報紙副刊的黃金時代也早已一去不復返了，編者與作者的情誼也早已是古代歷史了。我的觀感卻是不同的。在這本書中，我們會看到聯副當時的陣容。今天，這樣人數眾多的陣勢已經不存在了，一位編輯的工作量遠遠超出三十年前。當年，彥明會到張繼高先生家裡取手寫的稿件，今天作者們都是主動用e-mail將稿件把副刊辦公室淹沒，情勢大不相同。但是文學編輯不同於常人，他們的辛苦與掙扎更是遠遠超越常人；不但要處理如潮湧到的稿件，更在於他們沒有任何的

時間與精力再去周詳表達他們對作者的掛念與關切。他們何嘗不想像當年的「副刊王」王慶麟先生一樣想方設法去探望詩人李金髮、他們何嘗不想像彥明一樣奔到鹽寮去體驗翻譯家孟東籬的生活、他們何嘗不想像蘇偉貞一樣飛到紐約去探望夏公與鼎公。但是環境已經不允許，急需待辦的事情堆積如山，他們已經走不開。走不開不等於不掛記。我從那許多溫暖的e-mail裡依然感覺得到文學編輯們對作者的了解與珍惜。

然則，彥明的書畢竟忠實記錄了那樣一段過往，那麼充滿人情的美好過往，我們看到了為《現代文學》奔走的白先勇、在聯副辦公室趕稿的高陽、精氣神十足的葉公超、閒雲野鶴般的吳魯芹、孤獨國王周夢蝶、小心翼翼的張愛玲、那麼純淨的西西、總是笑容滿面的王禎和、回到文學的王拓、要彥明吞服維他命的林懷民……，以及更多的作者、編者與出版家。我們不但看到他們的音容笑貌，我們更得到了關於他們事蹟的真實紀錄。

文人與咖啡館有一種親密的關聯，在世界各地都有著無

數精采的典故。彥明不斷追蹤臺北咖啡館的興衰，那樣的一幅專屬臺北的文學地圖與文字同樣的難能可貴。於是，這增補過的新版格外地有味。

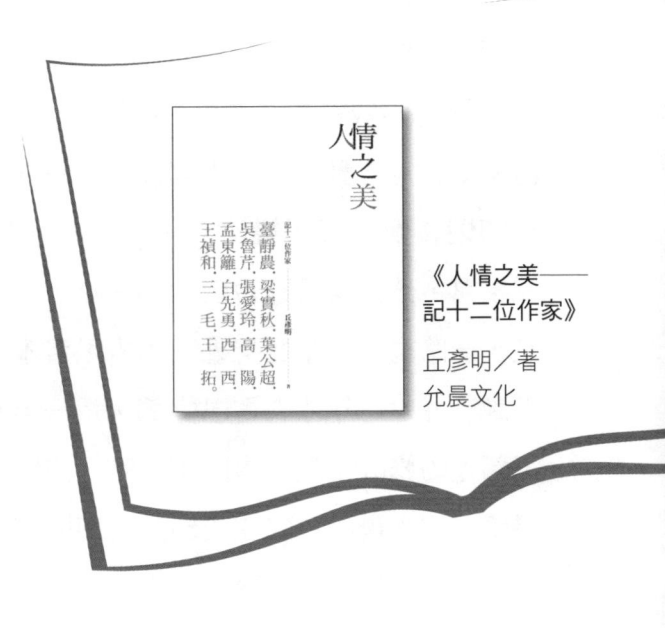

《人情之美——
記十二位作家》

丘彥明／著
允晨文化

啊，那貧困而快樂的日子

　　終於，在重溫海明威的敘事散文的時候，又一次感覺到時間的力量、空間與距離的力量，以及沉潛的必要。

　　據海明威第四任妻子瑪麗介紹，一九五七年的秋天，海明威在古巴動筆寫這本回憶錄，一九五八年冬到一九五九年初則在愛荷華州繼續寫，一九五九年四月帶到西班牙去繼續寫，然後又帶回古巴，同一年，再帶回愛荷華州，一路走，一路寫。為了寫另外一本書，這本書被擱下一段日子，直到一九六〇年才在古巴完稿，這一年的秋天又在愛荷華做了部分的修改。這本書開筆之時，海明威早已獲得諾貝爾文學獎，這本書的最終完成距離海明威驟然離世卻只有半年的時間。是他的最後一本書，而且並非小說，雖然海明威曾經希望我們讀它的時候是將它當作小說來讀的，而且「把它當作小說來讀也許可以更清楚地看出其中的事實」。海明威在〈自序〉中這樣提醒我們。

　　這本書所追憶的年代是一九二一到一九二六年這一段日子，一段貧困而快樂的日子。在那段日子裡，在海明威身邊的是第一任妻子伊莉莎白。他的第一個孩子約翰──即書中的「邦比先生」──一九二三年出生。這是三十多年前的往事。一家三口所居住的地點則是遙遠的巴黎。

　　在海明威的創作生涯裡，巴黎歲月是重要的，記者出身的海明威在這裡辭去了記者職務，成為專職寫手，寫作的文體則以小說為主。辭去了記者職務，也就沒有了一份可靠的薪水，小說賣得出去才能維持生活，因之，這「貧困」基本上是海明威個人的選擇。他居住的地點卻是巴黎，一個相當昂貴的都市。所以，挨餓成了日課。有些時候，海明威跟太太說，中午有人請吃飯，要她不要惦記著自己，而事實上，他在露天咖啡座，靠一杯咖啡繼續寫作；或者餓著肚子在塞納河邊的舊書攤看書。飢餓使小說家消瘦，因此，那個時期，認識他的人都記得，那個瘦瘦的、高高的、西裝掛在身上晃來晃去、臉上卻總是帶著笑容的美國人是一位寫小說的。

　　挨著餓，仍然笑得出來，這就見出了巴黎的不凡。旅館

頂樓的小房間本來是租來用於寫作的，但是，當巴黎進入深秋之後，那頂樓的潮溼與寒氣就更加令人受不了。半個世紀以前，左拉也曾經在這麼一個寒冷荒涼的頂樓上寫小說。海明威便在深秋的冷雨中來到一個雅靜而溫暖的咖啡館。一位美麗的巴黎女孩走了進來，坐在離窗口很近的位子上等人。看著她清秀專注的側面，小說如潮湧到，海明威振筆如飛。待他寫完了這一篇小說，抬頭看去，女孩早已離去，但是，小說家內心的滿意無以言說，「整個巴黎屬於我，而我屬於這本筆記本和這支鉛筆。」那便是散布在巴黎街頭巷尾的無數咖啡館的眾多效用之一。

那時候的海明威沒有錢買書，但是，閱讀是作家不可或缺的功課，於是他到莎士比亞書店的租借圖書館去借書。頭一次去的時候，海明威非常羞怯，因為上衣口袋裡沒有足夠的錢加入租借圖書館。店主蘇薇亞・畢奇熱情而親切地告訴海明威，不必擔心保證金，填寫借書證之後，想借幾本就借幾本。那時候，畢奇根本不認識這個年輕人，借書證上的住家地址又在一個貧困的地區，但是畢奇為海明威開放了她的

寶藏，巨大數量的典籍。就在那一天，海明威借走了屠格涅夫的《獵人筆記》、托爾斯泰的《戰爭與和平》、杜斯妥也夫斯基的《賭徒》……。在海明威夫婦沒有熱水，沒有衛生間，床墊鋪在地板上的公寓裡，兩個年輕人為他們的幸運而欣喜若狂，並且計畫著要在當天走路到莎士比亞書店去，罄其所有，付清應當付給圖書館的保證金……。

在巴黎走路，來到盧森堡博物館，探望塞尚。早先，海明威在芝加哥藝術館見過塞尚的作品。從塞尚那裡，海明威得到啟示，「光靠簡單、真實的句子仍然不能夠使我的小說達到該有的深度和廣度。」他坦承，塞尚讓他學到很多。事實上，海明威在巴黎的時候，塞尚辭世只有十多年的光景。而且，就在那時候，海明威認識的畢卡索已然從塞尚的不懈探索裡發展出立體主義的理念與技法。其中，「變動」的深意所影響的不但是現代藝術，也包括現代文學。

博物館關門了，海明威便繼續前行，來到葛楚·史坦茵的工作室，牆上掛滿名畫的工作室。在這裡，他可以安靜地坐下來，良久地凝視塞尚的畫作，與之對話。這是他寫作的

祕密之一，也是他複雜的精神活動的祕密之一。我們可以推測，塞尚在長時間的孤絕的實驗中所得到的對自然界的理解與描摹，深刻地影響了海明威對人間世的理解與描摹。

日本學者山口昌男在二十世紀六〇年代曾應邀為岩波書店的《思想》雜誌寫〈文化中的知識分子圖像：人類學的考察〉，曾在閒談中說到艾略特（T.S. Eliot）的名詩《荒原》與文化人類學的關係。此外，眾所周知，夏志清教授，這位文學批評家秉持的是「新批評」的理論與方法，而艾略特正是「新批評」的創始人。年輕的海明威卻有著另外一番際遇，他所認識的埃茲拉・龐德是他所認識的「最慷慨、最無私的作家」，時常慨然幫助陷於窘境中的文學家、藝術家。龐德告訴海明威，他非常擔心艾略特，因為艾略特礙於生計，在倫敦一家銀行工作，沒有足夠的時間寫詩。海明威完全忘記自己還在餓肚子，熱心奔走，投入「營救」艾略特的籌款活動。好在《荒原》的出版與獲益使得艾略特走出了銀行，成為自由人，籌款活動歡樂落幕。

如此這般，有聲有色的巴黎在海明威的年輕歲月帶給他

無限美好，有如豐美的饗宴，甚至，跟隨著他的腳步，在他後來的創作歲月裡持續帶給他啟迪、帶給他溫馨與平和。而幸運的我們，在閱讀《戰地鐘聲》、《渡河入林》、《老人與海》等等名篇的同時，能夠同海明威一道回味那一段貧困而快樂的日子，在巴黎的街頭巷尾流連忘返。

《流動的饗宴——
海明威巴黎回憶錄》
A Moveable Feast

Ernest Hemingway
成寒／譯
九歌出版

南都日日新

　　世紀暴風雪狂襲美東，大華府地區是重災區。門口積雪二十七英吋，狂風席捲著大雪鋪天蓋地而來，三十英呎開外的鄰舍已然蹤影不見。所幸沒有斷電，室內氣溫如常，書桌上攤放著兩本書，一本是帕斯特爾納克的《齊瓦哥醫生》，自然是因為風雪而格外想念這本小說；另外一本是蘇偉貞的《租書店的女兒》，寫的是府城古都臺南，卻還是因為風雪而要再一次重溫。因為在這樣的日子裡，格外感受到一種硬骨頭精神，南都有著這樣的精神，偉貞同她的父親都有著這樣的一種精神。

　　偉貞的父親蘇老先生黃埔出身，從砲校中校副指揮官階退役，被長官批評性格暴烈的軍人竟然半路出家開了一家租書店，而且位置就在離砲校不遠之處，方便了愛讀書的阿兵哥。租書店店名「日日新」，取自《大學》「苟日新日

日新又日新」的意旨，充分展現這位來自廣東的軍人永不放棄的精神。因此，偉貞便從小學起，成為租書店的女兒。父女情深，不只是血緣，甚至不只是兩人都有著不服輸的倔強脾氣，更是書籍本身帶來的兩人在同一個屋頂下，各自占據一角，各讀各人心愛之書的經典風景。多年後，偉貞早已是重要的小說大家，早已是桃李滿天下的學者，她還是租書店的女兒，南都「日日新」的精神氣質依然在她的筆下燁燁生輝。

　　小東路十五號八〇四醫院，四總。那是偉貞的第一個地址，她出生在這裡，臺南眷村子弟沒有人不知道這個地址。「晨光灑金鑲銀布於老芒果樹冠、陳舊紅牆面、斑駁灰瓦頂、神祕林間小徑、湛藍雲翳、時光網膜……多麼印象派，今天疊著昨天的記憶之磚，砌成一座如與生命同步發生的被廢置樓中樓，靜靜等待歲月清倉那天一道埋棄。」如此精準，又如此徹底。偉貞不斷堅持探究「時間」這本無解「沙之書」的勇氣同毅力清楚浮現檯面。

　　時光網膜層層疊疊，帶著想要留下來的美好記憶，成為

世間「不變的事物」，在任何的困頓之中如影隨形陪伴著作者步步前行。

八十年代末，非商業的醫院、學校、營區、砲兵學校、兵市場、眷村環繞的臺南小東路換做了商店林立的臺北民生東路末段，但是就在這裡，明日小東路同舊日小東路重疊復重疊，時間隧道引領作者進入虛擬世界。

九十年代末，返回臺南同小學老師同學再次見面，這間小學叫做復興國校，位於臺南網寮影劇三村學區。影劇三村歸屬於陸軍砲兵學校、砲指部。見面的地點是網寮下坡。那是什麼地方？每一個從影劇三村走出來的人都知道。學生們離開老師已經有三十二年，老師卻記得每一位學生的名字，記得當初這屆畢業班參加聯考的詳情細節，這位老師是偉貞求學過程中最讓她感動的老師。而此時此刻的影劇三村、復興國校都將面臨拆除重建的命運。因此，他們的眷村、他們的小學將在時間軸上「大旋轉」。這次將壓箱記憶拿出來「交換」是人生旅途上的最後一次，在時間軸上有她獨特的印記。

　　如今，偉貞回到臺南，在成功大學教書，每天開車走過「舊路」，如同坐進時光座艙，當年，如同時光膠囊般擠公車的小女生換作了在研究室工作的大學教授，她在路上徐徐開車，卻不斷地「撞見過去」，因之，「時差」再也不會消失了。真實與虛擬重疊到天衣無縫，小說家回到小說的出發點，恢弘的史詩。

　　「文學始於懷疑」，偉貞老早就懷疑新的家、老的家是「復刻文學經典的現代版演繹舞臺，《奧德賽》啟示錄同時貼出的戲碼是契訶夫〈套中人〉。」一句話淋漓盡致說通說透盧卡奇的小說理論。但偉貞自有她的路數，理論化作幽默、圓融、深情，以及真實生活的諸般風景，非常臺南，絕對偉貞。

　　來到真有時差的美東，問她，你要做什麼？要我們帶你去哪裡？哪裡也不要去，要「做功課」。筆記型電腦放在窄窄的書桌上，她字斟句酌，神情專注地移動一個標點，刪掉一個字，或者加進去一個字，她在瞬間回到她自己的書寫世界，嚴苛如同在成大研究室，時間同空間都是助力而已，

沒有妨礙。小說家沒有節假日、沒有週末、也沒有白晝與黑夜的區分。思緒清明、記憶猶新，文字落在了實處，刀雕斧刻。

一九八三年才出生的新銳小說作者陳栢青形容偉貞的書寫是，「廢文麗，言連苟」，甚至這樣做結語，「蘇偉貞的書寫很恐怖，那只是因為生活很恐怖而已。有些人會在滅絕前失態，但我看過那樣寧靜和平卻又疼痛彷彿觀音的，也僅僅只有蘇偉貞這樣少數幾個滅絕師太而已。」此言非虛，寧靜和平卻又疼痛，《租書店的女兒》即是明證之一。然而，並非滅絕，偉貞只是走在路上，不肯停歇。親人、師長，一位又一位走上了人生旅途的終點，遺留下來的是深化了的時間。時間卻帶著記憶忠誠地走在探索者偉貞的身邊，她便不停歇地探究著記憶，成就著文學，從南都日日新出發，前行復前行，無有盡頭。

然則，冰雪聰明的小說家畢竟洞明世事，清楚感知世間萬物都在迅猛變化，且絕對不在個人掌控中。時斷時續才是常態。因此慨然長嘆，「想來是一切都變了，於是人們選擇

留在一個地方；又或者一切都變了，於是人們離開。」

　　留下抑或離開，卻又都無關宏旨，小說家不肯放棄的是那個能夠把故事藏起來的地方，那條漫長無盡頭的時光隧道，那個「沒有終結的旋轉門時間」。雖則沒有終結，我們卻知道，有著起點，這個起點就是南都日日新。

　　從這裡開拔，便有了機會，能夠從《時光隊伍》回到《租書店的女兒》，再踏進《旋轉門》，順理成章。

《租書店的女兒》

蘇偉貞／著
印刻出版

讀書趣

為自己閱讀

　　朋友們來到我的書房，常常提出的一個問題是，你怎樣選書？我最常做的事便是隨手拿起一本書，隨手翻開一頁，隨便念誦三四個句子。聽者自然會心，技巧、文字精緻多變優美；再看出版社，數一數二；再看選書人、編者，大名鼎鼎。這本書一定會進入我的書房，其作者是否獲獎、此書是否暢銷、是否「經典」，通常並不在我的考慮之內。原因無它，我是為自己閱讀才買這些書回家的。但是，細細展讀之後，它們能否繼續停留在我的書房裡，能否在我的書櫃中占一個位置，或者被我細心地裝箱收藏，以及能否讓我心生感激要讓更多的人知道於是為文介紹，便是另外若干個層次的問題。關於這樣層次不同的問題，我極少談起，因為在雨夜的燈下與書本對話是太私密的一件事情，甚至比與情人竊竊私語更加驚心動魄，更加蕩氣迴腸。

　　世間的事情絕難預料，忽然之間，竟然有一本書跳了

出來，題目叫做《學校不敢教的小說》，作者是一九八八年出生的朱宥勳，臺灣清華大學臺灣文學研究所的畢業生，寫小說、研究小說。趕快打開來看，心中忐忑，因為在世界文學的海洋裡，學校不敢教的小說數量巨大，年輕的作者要怎樣挑選？還好，書中三十篇文章所涉及的範圍只限於臺灣小說。當然日本的大鹿卓與香港的董啟章是例外，但文章中所談及的書寫都同臺灣的現實與過往有著密切的關係，所以仍然可以劃在這個範圍內。

細察書目，喜心翻倒，全部都在我的書房裡，一本也不缺。有沒有為他們寫過書介？一本也沒有！原因何在？原因是很多很複雜的，這些書全部適宜於「為自己閱讀」，不但學校很少會去教這些小說，就是寫書介也必須考慮再三，不可輕率動筆。豁然明瞭，在我同朱宥勳之間竟然有著甚為有趣的一些共同的考量。

比方說，郭箏的《好個翹課天》，就看標題，學校的老師們大約已經不願意問津了。但是，當初我看到這本書的時候，卻非常的會心。臺灣學生課業之重，課餘時間之少，「補習」之多，舉世聞名。在臺灣與高中學生們交談，我

幾乎不忍心告訴他們，我在美國高中念書的兒子下午三點鐘就已經回到家了，全部作業早已在課堂上完成，他有半個下午，整個晚上看他想看的「閒書」，比方說但丁的《神曲》；學他想學的語言，比方說義大利文。更不用說連續兩天的周末和連續三、四天的各種節假日，以及長長的寒暑假，他都在為自己閱讀，在無比廣泛的閱讀中成長為一個獨立、自信、視野開闊的成人。

但是，朱宥勳是在臺灣受教育的，他看郭箏的書寫，感同身受。因之，他寫這三十篇文章，談三十本比國文課能夠教給他更多東西的書，就是為了要讓蹺課讀閒書的高中學生們有個參照物。蹺課不易，時間寶貴，這本書的意義就更加不凡，「只要這個島，還沒打算改變它那總是在輾碎少年理想、情感的傳統慣性」，這本書就有著無與倫比的價值。

我終於了解，這絕非普通的書介書評，這是一位青年學者的吶喊，幾乎等同於「救救孩子」！

而朱宥勳自己是一再被師長們勸誡「文學無用」、「寫小說會餓死」的。但是，他痛切地知道，他自己在學校裡的

感覺，就是被「遺棄」、被「隔離」、以「接受管束」為天職的。而且，「如果在法律上，十年的徒刑是重罪，那在當代臺灣學校教育體系長大的每一個人都是命定的罪犯。」於是，逃獄的事情是永遠發生著的。有臺灣居民移民西方國家的目的是為了孩子的教育，那是徹底的逃獄。學生蹺課則是危機叢生的短暫逃獄。而郭箏的書寫並非鼓勵蹺課，而實在是「一個反抗過的人的唏噓」。朱宥勳的書寫則是為「跑路的人」預備的食糧。這便是《幼獅文藝》主編吳鈞堯為這些文章開闢專欄的緣由，也是寶瓶文化總編輯朱亞君持續鼓勵的緣由，更是這本書出版當月便二刷的緣由。這一切會否撼動那幾乎牢不可破的條條框框給受教育者一個真正生動活潑健康的學習環境呢？尚不可知，但起碼這是一次強有力的撼動。

在金針度人的「食糧」中，有著一個重要的因素是關於語言的。

我很早就收藏並多次閱讀王文興的《家變》，透過那無法朗讀的奇特文字我感覺得到小說所揭示的深沉的絕望。朱

宥勳直接地說，「如果把臺灣文學史上經典小說一字排開，各抽出六百字送去參加作文比賽」，「成績最差」的非《家變》莫屬；而且在世界華文創作中，也沒有比這本《家變》更能激怒國文老師的小說了。但是，正是因為這「破破爛爛」的中文，《家變》成就了「臺灣小說前衛的、實驗的、現代主義的里程碑」。究其原因，卻是與二十世紀臺灣文學所處的複雜而無力的環境有關係的。日文的影響以及徹底的被排除，三〇年代華文文學的影響以及徹底的被排除，歐美文學的強勢影響以及所帶來的無力感，都使得王文興這樣一位為自由而思索而寫作的小說家要用一種完全背離傳統的文字去描述一個逆反傳統的故事，從寫作藝術上來說，王文興的創意正是形式與內容的完美結合。站在歷史的角度與小說藝術的角度，我們就看清楚了王文興一天只寫三十幾個字，而每一個字都在為臺灣發聲的意義與獨特性。

如此深沉的孤獨與悲傷絕非屬於王文興一人，還有「獨步華文世界」創造出獨特語言風格的王禎和，有著罕見宗教情懷的七等生，有著將死亡寫到無可超越之高度的陳映真，

有著將歡欣與痛苦寫到入骨的邱妙津，等等等等。最重要的，這本書所談及的臺灣文學都在告訴讀者，什麼是情感，什麼是理想，什麼是自由，什麼是真正屬於自己的閱讀，以及追尋的途徑。這本書適宜於世間熱愛臺灣文學的每一位讀者。

《學校不敢教的小說》

朱宥勳／著

寶瓶文化

飛揚的想像

　　兩袖清風的寫作人很少有機會與昂貴的行李箱發生關聯，尤其是精緻的路易威登品牌，L 與 V 纏繞在一起的那份雅緻與高貴，多半不會在寫作人的意念中出現。然而，威登家族卻對文字饒有興趣，尤其是第三代掌門人嘉士頓・威登，他有一個嗜好，便是收集國內外報章雜誌上有關自家行李箱的各種報導。一九六九年，嘉士頓去世之後，家人發現，他的收集分門別類、有條有理、洋洋大觀。跟名人有關、跟名畫有關、跟名作家有關、跟兇殺有關、跟威登家族成員有關，甚至奇妙的訂單與來往信件……，所有的文字都分別儲藏在一只行李箱的暗格裡。為了繼承和發揚這一深具詩情畫意的傳統，路易威登公司設立了一個新的檔案部門，專門負責這方面的事務。

　　檔案無論怎樣有趣、怎樣聳人聽聞，畢竟只是某種「事

實」，而且，隨著時間流逝，也就漸漸地被人淡忘了。那麼，能否讓舊聞起死回生，在這些已經發黃的紙片上能不能架構出一部文學作品來呢？威登家族從這些資料中選出十一個主題，鄭重寫信給十一位法國當代頂尖作家，為他們提供靈感的泉源——這些發黃的易碎的紙片——請他們依據個人的意願來寫一篇短篇小說。威登家族傾囊相授，邀請作家們來路易威登老宅喝下午茶，在老皮件、古董木器、善本書、手工紙的環繞下選擇題材。如果作家們需要到其他地方做研究，威登家族提供全力支援。作家們欣然接受了邀請，參加了這一場炫目的嘉年華。於是我們看到了別出心裁的作者介紹、看到了簡短的報導，以及令人嘆為觀止的短篇小說。資料引發的靈感化身為飛揚的想像，釀造出LV最動人心魄的傳奇，也成就了法文文學華麗、深邃、奇詭的一頁。

　　一九八三年，華裔建築師貝聿銘趕到巴黎面呈密特朗總統他為羅浮宮玻璃金字塔所做的設計。所有的設計圖都裝在一只路易威登手提箱內，貝聿銘卻在機場掉落了開箱的鑰匙，求援於路易威登公司。根據手提箱上的號碼，路易威

登火速做出新的鑰匙,使得這次重要的會面圓滿成功。如此一則消息到了剛剛拿到莎岡獎的作家法賓娜‧貝爾多手裡,她二話不說,抬腳走路,將威登檔案部的工作人員晾在花神咖啡館裡,馬上展開她的研究。三個月後交出成果,頂級短篇小說〈旅人〉。這位旅人可不是貝聿銘。貝爾多的著眼點在那把遺失了的小鑰匙上。透過這把小鑰匙寫出一個女人的一生,她曾經有過短暫的幸福,一只為三代男人服務過的路易威登行李箱、深愛她的父親、父女兩人與行李箱在林中度過的美好下午。她曾經是法國最美麗的女人,最搶手的模特兒,被無數時尚雜誌奉為女王。那都是三十歲以前的故事,之後,便是人間漫長的寒冬。父親早已遠離,箱子的鑰匙卻還掛在她的頸項上。當她看到機場大廳裡另外一枚金光閃閃的小鑰匙的時候,兒時那一只珍貴的行李箱、父親的慈愛、林中的美景一一重現,她深埋心底的幸福再次綻現短暫的光芒。一個觸手可及的女人,如同貝聿銘和密特朗一樣的真實可信。

　　與貝爾多相反,多項紀錄保持者楊‧莫瓦拿到一九五七

年十一月四日嘉士頓・威登的一則筆記後，馬上開筆，並要求計時，他預計在六小時之內完成這篇小說。結果，他於五小時五十九分三十秒之後交出不須更動一個字母的文稿，登峰造極的書信體小說〈親愛的威登先生〉。嘉士頓的筆記記錄了一位名導演在一九一〇年通過某甲分期付款得到兩只路易威登行李箱，嘉士頓對這分期付款極不甘願，然而，在此之後，這位名導卻成為路易威登的忠實客戶。莫瓦被「某甲」和「極不甘願」所吸引，以飛揚的想像杜撰出一系列充滿詼諧的通信，通信雙方是幾近無賴的某甲與寸步不讓的硬漢嘉士頓。無論王公貴胄，那怕天神下凡，若想擁有路易威登行李箱都須按價付款，這是嘉士頓的堅持，也是路易威登的原則。面對無賴，嘉士頓不惜決鬥、不惜斷臂，誓死捍衛自己的品牌。莫瓦是天才型的作家，不會一條道走到黑，峰迴路轉，化敵為友的過程讓我們看到了一百年前的嘉士頓和現在仍然年輕的莫瓦共同的創造力。

最為動人的篇章便是〈紐約・巴黎・埃爾伯夫〉。一向足不出戶，從不離開巴黎的作家菲利浦・傑納達得到的報

導是關於林白的，一九二七年五月二十一日，林白自紐約飛越大西洋抵達巴黎，受到英雄式歡迎，孔武有力的嘉士頓從熱情的群眾中將被擠得幾乎窒息的林白解救出來。為了寫出囊空如洗、名不見經傳、勢單力薄、除了夢想與苦幹精神之外一無所有的林白，傑納達來到紐約，從紐約搭乘空中巴士飛回巴黎。在飛機上，他的想像力和無比的同情心幫助他體驗林白沒有導航系統、靠星星和地面上的行人指示方向、餓著肚子、抵抗著睡意、孤身一人，駕駛著單翼單引擎的聖路易精神號，如同一隻小蜻蜓般地在三十三個小時裡飛越大西洋。體驗著在成功與機毀人亡之外沒有第三種前途的林白當年的心境，傑納達在飛機上振筆疾書。埃爾伯夫是路易威登一款行李箱的名字，這只行李箱滿載著林白最幸福的時刻，也記錄著林白的劫難。這篇小說讓我們看到世間所有的成功，包括林白、包括路易威登、包括傑納達，都是不屈不撓的毅力、無限充沛的創造力與邏輯觀念完美合成的結果，沒有僥倖與偶然。

當然，還有海明威放在行李箱裡的手稿，曾經棲身行李

箱的《蒙娜麗莎的微笑》，在太空船裡飛行了五百年終於在木星的歐羅巴衛星落腳的淡紫色行李箱……。十一齣精采大戲，無一不是變幻莫測，圍繞著LV，高高飛揚；直接考驗讀者的想像力，讓我們大出意外、拍案叫絕、驚喜連連。

《行李箱──短篇故事集》
La Malle

David Foenkinos,
Véronique Ovaldé, etc.
張喬玫／譯
寂寞出版

溫煦鄉風的追憶

　　二十世紀八〇年代，距今天已經是三十多年了。沈從文先生曾經跟我說，「汪曾祺的小說寫得好。」怕我不上心，還特別強調，「比我寫得好。」這樣的提醒，使得我一直追著汪先生的文字跑，有了新書，自然是要買回來細讀的。汪先生一九二〇年出生江蘇高郵，四〇年代已經開始創作小說，抗戰期間，在大後方的西南聯大，沈先生教過他。八〇年代初，他創作了一系列風格獨特的小說，這些小說追憶的都是數十年前中國土地上的古老鄉風，溫煦、自然、美好，引發海內外文壇矚目。汪先生自己卻很誠懇地跟我說，「沈先生是無法超越的。」師生兩人這樣地珍惜著對方，讓我感動。

　　一九八八年，沈先生放下了人生這本大書。九年之後，汪先生跟著他的老師走了。二〇一四年，我們發現，法國的派屈克・蒙迪安諾的書寫竟然有著汪先生的味道，只不過他

們的追憶有著溫差，沈先生同汪先生都是溫暖的，蒙迪安諾是冷峻的。

在諸多汪先生的文集裡，我特別喜歡《聯合文學》出版的這一本題名為《茱萸集》的短篇小說自選集，因為是汪先生自己選出來給臺灣鄉親看的小說，編選的時間是兩岸剛剛開始接觸的一九八七年，因之格外精采，格外出色。被讀者交相讚譽的〈受戒〉、〈異秉〉、〈大淖記事〉、〈歲寒三友〉等等全部收錄在這本文集裡。在題記中，有這樣一段話，「我的小說在中國當代文學中可以視為『別裁偽體』。我年輕時有意『領異標新』。中年時曾說過：『凡是別人那樣寫過的，我就絕不再那樣寫。』現在我老了，我已無意把自己的作品區別於別人的作品。我的作品倘與別人有什麼不同，只是因為我不會寫別人那樣的作品。」寫這番話的時候，汪先生六十七歲，創作小說的時間已經有四十七年，大陸的風雨使得本來勇於標新立異的小說家在發表意見的時候含蓄了許多，但是，他所中意的小說本身卻在告訴我們，作者並沒有失去創見，他仍然擁有獨特的敘事風格。

就拿名篇〈受戒〉來說，我們讀到了一個完全超乎想

像的美麗世界。汪先生告訴我們，他在一九八〇年八月十二日，「寫四十三年前的一個夢」。這讓我們明白，小說家可以將一個久遠的「心頭所想」釀成一罈香氣撲鼻的佳釀。小說循著一個十三歲的男孩子明海當了和尚，十七歲的時候受戒的線索，寫水鄉的生活。男孩子出家當和尚在當年的那個地方與宗教並沒有什麼重大的關係，是一種職業，好像是出門學徒一樣的。明海的老家「出和尚」，男孩子多的家庭，總要有一個出門去當和尚。汪先生就很詳細地告訴我們「和尚」這一行裡的許多細節，就好像米行、布行一樣的有著許多的講究，於是我們就跟著這些細節走，看到了明海在荸薺庵輕鬆自在學徒的整個過程；並且訝異地發現和我們認知裡的世界是完全不同的。最重要的一點是，那個時代，那個地方的和尚是可以娶親的。因之明海沒有束縛自己的必要，他和美麗的女孩小英子天天見面，他出力幫助小英子在田裡插秧，在家裡描花樣子……，小英子一家都歡喜明海。明海的師傅們也都沒有任何的意見。換句話說，這是一個順理成章的過程，就像花開花落那樣的自然。善良、聰慧、多才多藝的明海要到縣城裡的善因寺去受戒，「領一張和尚的文

憑」，小英子划船送他去，擔心的只是燒戒疤會很痛。內心毫無波瀾的明海不但順利通過這一關，而且頗受重視，在他這一行裡很可能前程遠大。小英子又划船接他回來，一路上兩個人談談說說，很是愉快。忽然之間，小英子表示，「你不要當方丈！」明海毫不猶豫，「好，不當。」小英子又說，「你也不要當沙彌尾！」明海馬上同意。緊跟著，小英子提出了另外一個建議，明海「眼睛鼓得大大的」，想必是吃驚不小，接著便是發自內心的一聲喊。真正是水到渠成。於是蘆花蕩裡便有了許多的響動……。那樣自由、自主、萬般美好的世界，是汪先生的夢，大約也是每一位讀者所嚮往的。〈受戒〉的出人意表、自然、樸實、奔放應當是這麼多年來始終迷人、始終魅力不減的主要原因。汪先生在小說中的對白簡潔、明快、精采、傳神，也是極大的助力。

　　另外一篇〈大淖記事〉是一九八一年二月四日，農曆大年三十寫的。某縣境內一片大水叫做淖，比湖小，比池塘大得多，中間一條沙洲。隨季節的更替，這大淖改變著形貌。淖的東邊居住著許多靠挑擔運輸為業的人家，有一家的女兒巧雲十分的出眾。淖的西邊居住著許多的手藝人，一位

　　手藝精湛的小錫匠也是人見人愛，兩人情投意合。在鄉里橫著走路的保安隊劉號長扮演了一個極不光采的腳色，竟然由妒生恨，出手將小錫匠打到幾乎嚥氣。在巧雲與錫匠們的救護下，小錫匠活了下來。這本來是一個惡人欺壓良善的尋常故事，但是汪先生給我們展示了一個極不尋常的畫面，錫匠們舉行了沉默的、嚴肅的「帶著中世紀行幫色彩」的抗議遊行，然後舉行了「頂香請願」。二十來個錫匠齊坐在縣政府門前，頭上的木盤裡點著一爐熾旺的香。汪先生說，「這是一個古老的風俗：民有沉冤，官不受理，被逼急了的百姓可以用香火把縣大堂燒了，據說這不算犯法。」請願的結果是小錫匠的治傷費用有了著落，肇事的劉號長被驅逐出境，正義得到了伸張。如此鄉風，如此民俗，多麼有尊嚴，又多麼令人鼓舞；這樣的傳統文化，不是值得寫手們大書特書嘛。

　　汪先生語重心長，「小說是回憶，必須把熱騰騰的生活熟悉得像童年往事一樣，生活和作者的感情都經過反覆沉澱，除淨火氣，特別是除淨感傷主義，這樣才能形成小說。」他又說，「小說是談生活，不是編故事；小說要

真誠，不能耍花招。小說當然要講技巧，但是，修辭立其誠。」

　　如此，我們才有了機會跟著汪先生一道追憶那曾經在中國的土地上生龍活虎地上演過的溫煦的人生戲碼，那許多早已不見蹤影的獨特鄉風，那許多我們仍然熱愛著的、仍然期待著的情感。

《茱萸集──汪曾祺
短篇小說自選集》

汪曾祺／著
聯合文學

年輪式閱讀

　　這是一本奇書,是一個人的「百年」紀念,紀念的是從一九一一年推翻滿清建立民國之後的一百年中,每年出版的一些書籍,說「一些」是指作者讀過的數量,選出來進入這本書的,每年只得一本,每十年做為一輯,非常的規範。作者張冠生先生已是耳順之年,住在北京,供職於民盟中央委員會,是一位民主人士,也是一位學者,曾經作為費孝通先生的助手十多年。

　　作者在自序中說,「一個美國學者說,想把一段歷史看清楚,說出道理,需要放到更長的歷史背景上。他確定的時間段落是五百年。一個中國教授主張,中國人把自己的文化傳統來個全盤清理,為全人類好好相處貢獻思想資源。他說的時空場合是五千年。」有了這樣的胸襟與眼光,雖然作者與中國億萬百姓一樣在最該讀書的年紀碰上了「文革」、「下鄉」,要等到一九七七年才能好好找書來讀,才能展開

這個獨特的年輪式閱讀。但是，「逐漸聚攏的天南地北百種書，各有命運。如今聚在家裡，是人海中一個尋常人和書海中一些尋常書的偶然相遇。」因之，這個心靈的紀念儀式就有了一個題目，叫做「民國以來百年中國私人讀本」。

一九一一年，民國初建，商務印書館於當年創辦《少年》雜誌（The Youth's Magazine）。梁啟超先生在《少年中國說》裡有這樣的話語，「少年智則國智，少年富則國富，少年強則國強，少年獨立則國獨立，少年自由則國自由，少年進步則國進步……」創辦這樣一個雜誌自然是以「少年智」為目的。商務開創先河，多年之後，幼獅公司在臺灣創辦《幼獅少年》，依然以梁先生的期望為目標。時至今日，《幼獅少年》也仍然是中文世界最健康、最積極的少年雜誌，也是最富於文化、文學、藝術、思想的啟蒙讀物，造福一代又一代少年讀者，甚至給他們的父母以啟迪。

同是商務印書館，一九二五年出版哥德戲劇《史推拉》（Stella）。這個劇本舉世聞名，其對白哀婉悱惻、清麗秀雅，因之廣為傳頌，有著無數語言的譯本。商務的譯者是湯元吉先生，校對者是大名鼎鼎的古生物學家楊鍾健先生，

楊先生曾經留學德國，更有「中國古脊椎動物學之父」的美譽，現如今，在倫敦大英博物館裡，楊先生的照片與達爾文的照片掛在一起。這又是一個科學家在文學與藝術的傳播上大有貢獻的絕佳範例。

　　商務印書館再立大功，一九三三年出版陳柱先生大作《諸子概論》。陳柱何許人也？不禁一呆，趕緊捧讀下文。原來，正是廣西北流才子陳柱尊先生。陳先生曾在日本讀書，大學念的是電機，後來改攻國學，成為大家。一九二九年，陳柱尊先生三十八歲，在中華書局出版的哲學叢書竟有四十三種之多。在商務出版的《諸子概論》裡，陳先生獨闢蹊徑，反覆考證，將晏子學說納入儒家。我們不禁要問，這樣一位重要的學問家，何以在一九四四年逝世後，「失蹤於中國學界，其人已為世所久忘，其書也罕見其全貌」？問題既出，有待於我們在書海中再搜索，尋求答案。

　　一九四〇年，國民政府教育部社會教育司主編社會教育輔導叢書。一九四二年，這套叢書的第六本《家庭教育》由正中書局印行。教育部部長陳立夫先生親筆題寫書名。當年教育部曾經將一九二八與一九三六兩個年度作過一個比較，

十二年間，全國教育機關從10,773所增加到121,713所，約增十一倍；社會教育工作人員則從14,495人增加到204,012人，約增十四倍。啊，那不是「軍閥混戰民不聊生」的歲月嗎？國民教育事業卻在蓬勃發展著。而《家庭教育》這本書更是就家庭教育的意義、要點與推行的方法細作闡述。七十年過去了，這本書的倫理精神、務實的態度、對文化傳統的尊重不但沒有過時，讀來反而感覺對現代人尤其重要。

　　一九五四年，查良錚先生由俄文譯出的普希金著名詩體小說《歐根‧奧涅金》由巴金先生主掌的上海平明出版社出版，流傳至今。據大陸官方資料，一九五二年底，私人出版社，包括平明在內還有三百五十六家；到了一九五五年春，則剩餘不足百家；上海平明也被歸併於公營。著名的優秀翻譯家查先生（筆名穆旦）在五八年則被打成「歷史反革命」；一位天才的詩人，一位優秀的翻譯家不但完全失去工作條件而且在不足六十歲的時候死於非命。至今，我熱愛著他充滿激情的詩歌，珍惜著他譯的《歐根‧奧涅金》、《唐璜》。

　　一九六四年，人民出版社出版了「內部發行」的《南斯

拉夫大事記（1945～1963）》以配合中共與「蘇修」的全面
論戰。眾所周知，南斯拉夫在二次大戰中英勇抵抗法西斯的
侵略，戰後，又是第一個全面進行政治與經濟的體制改革，
全力擺脫蘇聯控制的「社會主義」國家。南斯拉夫領導人鐵
托更是堅定不移的愛國者，對待任何的強權都自有主張，全
力維護南斯拉夫的安定、繁榮。中國讀者在文革前夕的冷空
氣中讀到這樣一本書，自然是五味雜陳。

　　一九七八年四月，《哥德巴赫猜想》由人民文學出版社
出版。這本書所描述的對象是國際著名數學家陳景潤。這本
書的問世是劃時代的，引發整個中國社會極大關注。在歷次
政治運動中飽受摧殘的知識份子首次成為報告文學的主角，
知識份子的苦難歷程首次成為史詩。與此同時，中斷十年的
高等教育重新起步，文革後第一屆大學生好不容易在書桌前
坐定，開始向知識領域進發。

　　八○年代，出版界風起雲湧，不但《圍城》、《傅雷家
書》相繼出版，英國史學家韋爾斯的《世界史綱》、美國作
家托夫勒的《第三次浪潮》、美國史學家房龍的《寬容》相
繼翻譯出版。到了此時此刻，紅色中國的大門才真的被打開
了。

　　九〇年代，《吳宓與陳寅恪》、《陳寅恪的最後20年》、《老照片》等等書籍的出版，是中國在又一次失去政治改革機會的低潮中痛定思痛的產物。

　　新世紀初，《胡風三十萬言書》、《荒廢集》所發出的「說真話」的吶喊為這一百年的年輪式閱讀作結，讓我們真切地感覺到中國的脈動以及希望之所在。

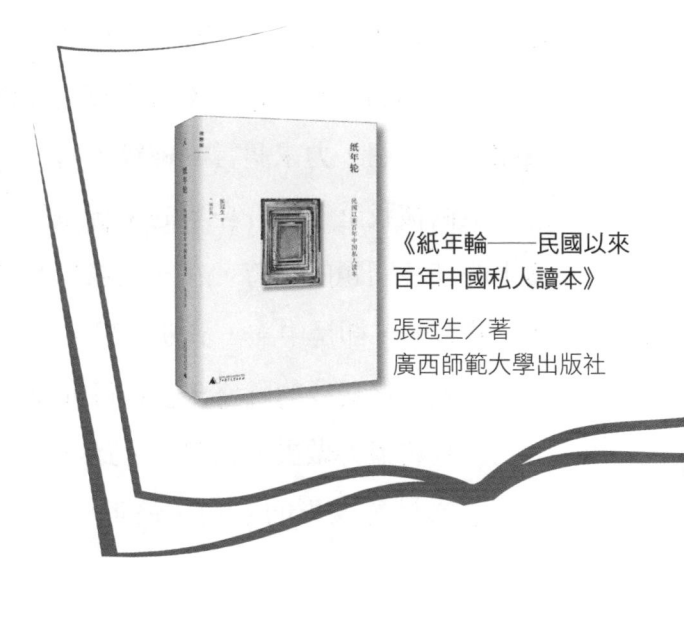

《紙年輪──民國以來百年中國私人讀本》

張冠生／著
廣西師範大學出版社

瓦燈的光焰

　　從手術後的深度昏迷中，被遙遠的聲音喚醒。不知身在何處，意識更是在黑暗中漂浮。良久，面前出現護士親切的笑臉。你叫什麼名字？你姓什麼？你的出生年月日？你現在在哪裡？你感覺怎麼樣？傷口疼痛的程度如何？掙扎再掙扎，調集著漂浮的意識，勉力以英文對話。

　　在我的語文系統裡，不喜中英文混雜，通常總是開啟一個關閉另一個，力求語言的純粹。這次可能是因為手術在頭部，這個被我堅持了許多年的系統產生了一點變化。在回答護士的許多問題的同時，在一個遙遠的所在，忽然地，出現了一些詩句，卻是中文，清晰可辨。

　　「誰來接替我的職務？」落日詢問。

　　「我將盡力做去，我主。」瓦燈說。

　　這本是泰戈爾的名句，最近一次讀到卻是在一本叫做

《煮字為藥》的書裡。作者徐國能博士在臺灣師大教授國文，他認為，在重理工輕人文的現代社會，國文教師就像暗夜中的瓦燈，承接了龐大而輝煌的文化傳統，正以微弱的光焰勉力在黑夜中照射到更遠……。

我在入院之時將這本快要讀完的書帶在身邊。這本打開的書裡面的字句正是進入昏迷前最後讀到的中文，這時候，正像瓦燈的光焰一樣照亮黑暗的隧道，將我喚醒。作者不僅是學問家，他對中國語文的熱情更是熾烈而深邃的，「我國文學論理宏肆而抒情含蓄，特別重視比興寄託，對人生的解釋代表了整個民族與文化的情感與智慧，無論在藝術上或是在哲學的層次上都有令人驚嘆的成就。我國的文學總能在失意時給予人安慰與鼓舞；得意時給予深省與超然。」

對於豐富的文化遺產，作者贊成「汲古潤今」的態度。深入閱讀中國古典文學，將之作為個人終身學習的對象，從中汲取智慧，成為一個有深度的現代人。這是作者對青年學子的期許。作為這本書的讀者，我們更是感覺會心。雖然現代人都會同意作者反覆強調的「文化是民族的無盡藏」這樣

一個真理，但是「深入閱讀」古典文學並非易事，除了時空的巨大鴻溝之外，語言的障礙，包括文法的迥異、虛字的使用等等，也是「問題」。除了「勤查多讀」這個最為扎實的讀書方法之外，作者也深入淺出為我們寫下許多有趣的例子，讓我們去親近古典文學。

比方說，司馬遷寫荊軻刺秦王，「秦王發圖，圖窮而匕首見。」發，在這裡是徐徐展開的意思；窮，在這裡是完全展盡的意思；都與現代漢語之用法有所不同，但是這樣短短的十個字多麼生動、多麼傳神又多麼簡潔明快地描摹出了此情此景以及緊張的氛圍。

反過來，一些字的古意到了今天又被巧妙運用，生出許多妙趣，大大拉近了古漢語與現代漢語的距離，比方說，流行歌曲中的「許我一個未來」，這個許字，用的是古意，用得多好。

有了對自家語文的親近之感，就會有認真閱讀的願望。世界並無新鮮事，我們的人生又充滿了無奈，作者醍醐灌頂直接指出，「閱讀是忘憂劑，能夠將疲倦的靈魂從泥淖般的

生活中引領至另一個淳美的異想世界中。」更進一步，閱讀可能成為人生一個新的起點。我們讀到這裡，自然明白，這起點是可以出現在人生任何一個階段的，培養起閱讀古典文學的興趣、習慣，可能帶來的美好是可以預期的。

學以致用自然是國文教師要教導學生的，也是作者在這本文集中的重點。閱讀之後便是寫作了，首先便是「下字」。古人作詩，文簡意深為必需，因此每一個字都不得輕忽，於是有了「鍊字」一說，形象表達了古人為追求貼切、為激發想像而做出的諸般努力。其結果，便是將文字推向精緻。這絕不是今日許多急就章作者一味地「短、平、快」所能夠達到的。

白話文仍需錘鍊，錘鍊之後才會有好文章出現。作者舉出許多例子，比如說木心的散文〈煙蒂〉。木心先生描寫兩個以撿拾煙蒂為生的人，發現了馬戲散場之後的滿地煙蒂，「一老一小的臉上興奮之色可掬」，相較之下，人們常常會寫的「一老一小的臉上充滿了興奮的表情。」就遠不如這個掬字來得生動。在這錘鍊的過程中，最最要緊的便是不間斷

地閱讀好的文學作品，細細咀嚼，尤其要反覆誦讀自己不大
會寫出的好句子。作者告訴我們，「靈丹一粒，點鐵成金」
的文學趣味正是隱藏在認真的誦讀之中。

　　眾所周知，內容、形式與風格乃文學的基本三要素。
關於這個命題，有著許多的大塊文章。有趣的是，徐博士卻
舉出元曲，「簡短的形式、風趣的內容與一派不羈的風格」
在古典文學的殿堂裡「有著獨特的美學價值」。對於學子而
言，這自然是中肯的提醒。元代散曲幾近白話文，只是常用
押韻與對仗，而且這押韻與對仗十分的活潑生動。所以作者
說，「讀詩如晤佳士，讀詞如會美人，讀曲則如偶逢村老，
家常漫話中自有人生的真哲至理。」於現代人而言，元曲的
渾樸則格外引人流連。

　　想要把文章寫得引人入勝，妙喻、聯想與虛構自然是重
要的。更進一步，天下所有的藝術，也都應該以迂迴達到目
的，用暗示來照顧全局。但是「簡單的深情」在現代文學裡
依然動人。這也就是為什麼對人間悲喜劇、親情、友情的描
述只要有著一定的深度，就有讀者，就會引起共鳴的緣故。

這也是為什麼徐博士在書中再三強調「文學宜講究天真自然」，同時也一直在一篇篇美文中談論「如何運用語文的思想」，將大家都明白、都能夠感受到的意境，準確地、生動地用語言文字表現出來。

　　瓦燈的光焰溫柔、堅定，照亮渾沌，也將我從手術後的麻醉中完全地喚醒。

《煮字為藥》

徐國能／著
九歌出版

文學史的諸多面向

　　風起雲湧的一九八八年，《上海文論》曾經開闢一個重要的專欄，題目叫做「重寫文學史」，引發巨大風波。贊成者自然是明白，人類的歷史一直是存在於重寫的過程中；中國大陸當政者在數十年的光陰裡更是一直在有意識地改寫由古至今的各種「歷史」文本。文學，在一九四九年之後已然失去自由身，必須遵循「正確」的政治方向，也就是〈延安文藝座談會講話〉的方向，而且，順者昌、逆者亡，絕不含糊。民主運動的萌發自然是重寫文學史的契機，怎能輕易放過。反對者則是搬出「文學史以及任何『史』都不准重寫」的大前提來全面壓制這種充滿造反氣息的嘗試。

　　一九八九年的六‧四，民主運動被鎮壓，重寫文學史的諸般努力也就當然地被剿滅了。對於關心中國文學的人來說，這當然是一件非常可惜的事情。於是，早年民主牆時代的油印刊物《今天》在海外以文學季刊的形式復刊後，在

一九九一年第三和第四期的合刊中便重新開啟了這個專欄，五湖四海投稿者踴躍，直到二〇〇一年夏季號才結束，歷時整整十年，總共得論文二十九篇。

　　文化學者李陀親歷這個過程，在他編選的《昨天的故事──關於重寫文學史》這本書裡，細說從頭。其時已經是二〇〇六年，距離《今天》在海外復刊已經有了十六年的光陰，委實已是「昨天的故事」。那個起始的日子是一九九〇年冬天，地點是挪威的奧斯陸。一群逃離中國、前途茫茫的詩人、作家聚在寒冷的北歐，不談如何活下去，關注的焦點卻是如何讓一九八〇年被迫停刊的《今天》起死回生。李陀回顧這一段過往的時候，仍然難掩自己的疑惑，不知這一幫人的激情與樂觀來自何處。然而，自由的世界就是不一樣，陽光、土壤、空氣都與中國大陸絕然不同。因之，編輯部沒有確切地址，主編與編輯們散居於世界各地，靠著手寫傳遞稿子；帶著強烈抵抗色彩，在文學與意識形態諸方面都有著十足獨立精神，完全不顧市場反應的一本文學季刊，就這樣誕生了。而且，立足未穩，便投身一個「重寫文學史」的討論之中，完全不管這樣一番討論對於雜誌本身的安危有無影

響。完全是一種「該做的事就要做」的豪氣使然。

　　有趣的是，二十九篇論文的作者當初將自家論文交《今天》發表之時，急急表達個人對於文學史的研究、個人鞭辟入裡的見解，豐富而多元，卻無人提到早已在中國大陸消聲滅跡的有關「重寫文學史」的討論何以能夠在海外重新發端，以及《今天》這樣的一個奇特的刊物與這樣一個事關重大的討論之間的關係。沒有，學者們侃侃而談的是更重要的事情。於是，李陀的提醒便有著些許的苦澀，他甚至認為「每當一篇『重寫』的文章刊出時，不論這些文章寫得多麼出色，心裡總有點彆扭，覺得它們不過是混跡在《今天》裡，這兒其實不是它們呆著的地方。」我卻在想，當初，一九七八年草創《今天》的詩人北島同芒克大約並不在意，芒克曾經有過這樣的表示，「《今天》最大的成就在於它的出現和存在。」重寫文學史的討論便是這樣一種存在所提供的諸多可能性之一。一無所有的《今天》為這個討論熱情地提供了十年的舞臺，相輔相成的，「非流亡」之學者的文論「混跡」其中，亦或多或少有利於《今天》的生存。而我

們，則得以在多年之後，靜下心來，閱讀當年部分的眾聲喧譁，二十九篇中的十篇；並且想一想，如此重要的討論在今天以及未來的意義。更何況，事實上，《今天》本身正在寫一部跨地域的文學史，獨特、新穎、不受任何意識形態制約。雖不可能面面俱到，但所到之處卻都有著精采表現，這不能說同《今天》本身的基因沒有關聯。

世間萬物都有興衰，二〇一三年六月香港書展期間，有心人在香港中文大學的展位上看到了《今天》一百期，「閱者寥寥」，非常的感慨，情感充沛地為文回顧了《今天》發生、發展所經過的千般曲折。

李陀也談到了十年的重寫文學史若是放到了眼下，恐怕也無法達到那樣的一個成果。其原因很多，最重要的一點便是，「無論『六四』帶來的衝擊是多麼深刻，又無論這衝擊給知識界帶來多深刻的蛻變和分化，中國的學者、教授和批評家與學術體制的關係，在隨後的十幾年裡不但沒有多少疏離，反而日趨緊密。」何止中國的學者、教授、批評家，放眼望去，五湖四海的學界中人又有多少人同專制政體不共戴

天，不計個人得失，不屈不撓，一條道兒走到黑？為數也並不多吧。

話又說回來，持反叛態度不必只是拘泥在意識形態方面。就書寫本身，便有許多的條條框框可以打破，許多的「話語權」不必畏懼，許多的「語境」可以自由出入。就拿文學史的撰寫來說，為什麼非學界中人便不能碰觸呢？文學本身是鮮活的、情感充沛、有聲有色，是凡人都可以親近，願意親近的。文學史為什麼多半都像是大學教科書，拒人於千里之外、硬梆梆、乾巴巴、高高在上的呢？

李陀頗有感觸，他甚至提出了建議，可以回憶錄的形式來寫文學史；可以作家、詩人、編輯個人的立場、觀點、經驗來寫文學史；可以根據某種文學形式的衰亡來寫一部文學衰亡史；可以語言修辭的變遷為線索來寫修辭文學史；可以文學期刊的興衰做為經緯寫期刊文學史；甚至，可以作家的交遊為中心寫編年文學史……。因之，可以這樣說，文學史的諸多面向事實上就在天南地北的握管人的手邊。因之，由《上海文論》發端，由《今天》持續了十年的「重寫文學

史」的討論完全有可能在海內外展現出多采多姿的新風貌。

　　如此這般，激情滿懷的昨天帶來了日趨平淡的今天，或將引發五彩繽紛的明天，未嘗不是一件好事。

《昨天的故事──
關於重寫文學史》
李陀／編選
牛津大學出版社

文字之旅

　　在長達半個多世紀的閱讀經驗中，只有很少很少的機會能夠讓我這個書蟲面對一本字字珠璣的書。不是某些篇章令人驚豔，亦非絕大部分篇章令人讚嘆，而是一本四百多頁的書，從第一個字到最後一個字，真正是字字珠璣；沒有一個虛浮的字，沒有一個可有可無的詞彙，沒有任何一個句子缺少光彩。整本書結構之嚴謹、層次之分明、節奏之明快都令人歎為觀止。這本書原文是德文，二〇〇四年在奧地利維也納出版，曾經高居德語文學最佳出版品榜首整整一百四十個星期。中文本之流暢、雅麗不輸原作，因之，華文讀者才能得到這樣一本零缺點的書。

　　人們習慣「安居樂業」，不贊成一時興起便莽撞行動。這本書便在告訴我們一個完全違反習慣，未經三思便毅然改變人生軌道的歷程。這個歷程充滿哲思，讓我們一頁又一頁跟著一位古語言學家展開一趟無與倫比的文字之旅。

　　一切本來是秩序井然的，通曉多種古代語言的專家戈列格里斯在瑞士伯恩的一所文理中學教授希伯來文、希臘文和拉丁文；學生們熱愛他，校方敬重他。他是一部活的百科全書，是浸淫在文字裡「無所不知」的真正的學者。每天清晨七點四十五分，他邁上大橋，走向學校。生活規律，唯一的，語言之外的嗜好是西洋棋，他是箇中高手。

　　一切出於偶然，這一天，他在雨中踏上大橋的瞬間，看到一個紅衣女子正站在大橋的欄杆上，面對湍急的河水。語言老師腦袋裡只有一個念頭，她要跳下去了。當務之急自然是阻止悲劇的發生。女子說的是有外國口音的法語，她在語言老師的額頭上寫下了一個電話號碼，她告訴這位老師她的母語是葡萄牙語，她甚至跟著這位老師走進學校，走進課室去「避雨」。這樣一件偶發事件，將生活的一切秩序打碎了。無所不知的「莎草紙先生」從那女子口中聽到了他全然不懂的美麗的語言，有如絲絨。當課程即將結束之時，女子無言地離開了。之後的課程一如既往順利進行，但是，在當日全部課程即將結束的時候，他站起身來，摘下掛在衣鉤上的還是溼漉漉的風衣，走了出去，離開了學校。在他五十七

歲的時候，開始了一段他自己掌握的，沒有時間表的旅程。一個長年封閉的心靈就這樣走上了一條未知終點的充滿探尋的路。

路的起點是一家書店，西班牙文書店，書店裡一位女大學生手裡捧著一本泛黃的薄薄的小書在閱讀。她走後，書留在了座位上。莎草紙先生發現此書並非西班牙文，書店老闆念出書名，發音與早上那紅衣女子相同，一串溫柔的嘶嘶聲，是葡萄牙文。書的標題是《文字煉金師》，「沉靜而優雅，一如褪去光澤的銀飾」，語言學家做出結論。書店老闆不但用葡萄牙文念了一段導論，翻譯了，而且將書送給了他。走出書店的時候，迴響在他腦際的是這樣的一個句子，「如果我們只能依賴內心的一小部分生活，剩餘的該如何處置？」這樣的一個問題，不但無法迅速回答，甚至也絕少有人會提出來。

熱愛古代語文的人通常是古書愛好者，戈列格里斯謹慎地打開這本舊書，找到了作者普拉多的肖像，一雙明亮、嚴肅、憂鬱的黑眼睛展示出的智慧、自信、無畏深深吸引了他。為了讀這本書，他買了葡萄牙語言教程課本、CD和字

典。連夜邊學邊翻譯普拉多書中的片段。「一位陌生且神智迷亂的葡萄牙女子、一本葡萄牙貴族撰寫的泛黃札記、一套初學者的語言教材」讓他思索著時光的流逝，寫下了一封給校長的告別信，在下著大雪的第二天晚間，登上了開往里斯本的夜車。

這趟文字之旅有三條線路，一條是戈列格里斯用他剛剛學到的葡萄牙文閱讀翻譯普拉多的書，一步步進入這位才華橫溢的醫生的內心世界。另外一條則是在閱讀中，無所不知的語言學家不斷地回首往事，他從普拉多的書寫中逐漸地看清楚了自己的來時路。令人感覺興趣的還有第三條線路。在里斯本夜車上，一位葡萄牙商人正與餐車的一位服務生下西洋棋。這位服務生的棋藝相當高明，當這位商人舉棋不定的時候，站在他對面的戈列格里斯輕輕地搖頭，這一個極其微妙的提醒奠定了兩個陌生人之間的默契與信任。莎草紙先生向新朋友坦率說出自己踏上這趟旅程的緣由。商人毫不訝異，給了新朋友自己的電話號碼。當無所不知抵達里斯本偶然跌碎眼鏡的時候，商人朋友在電話中為他介紹了一位眼科醫生。當眼鏡配好，戈列格里斯能夠再次走進書店，將普拉

多的書拿出來請教書店主人的時候，這趟文字之旅才從書本上走了下來，開始揭示許多人的人生。普拉多在里斯本是名人，莎草紙先生在普拉多家族的墓園，知道這位文字煉金師已經辭世三十多年。文字的魅力推動戈列格里斯繼續前行。眼科醫生的一位長輩是二十世紀七〇年代葡萄牙民眾反抗獨裁爭取民主的領導者之一，從他那裡，了解到普拉多與反抗組織的關係。然後是一系列的探訪，包括普拉多的老師、摯友、他中學時代就無比信賴的女孩、他的兩個完全不同的妹妹；甚至遠赴葡萄牙著名海角，在怒濤洶湧的「世界的盡頭」探訪普拉多營救過的一位女子，了解普拉多去世前最後的心路歷程，成為世上最了解普拉多的一個人。

在與眾多人物的接觸中，普拉多的札記、信件浮現出來。在靜默中，來自瑞士的語言教師走進早已辭世的葡萄牙醫生的文字，領略其獨特的深邃。在普拉多的人生途中，傾頹的中學、創建於一二九〇年的孔布拉大學、藏書三十萬冊華貴的圖書館、里斯本街頭巷尾的各色書店伴隨著文字帶領著戈列格里斯清醒地面對自己的內心、思想，甚至病苦。

無論是閱讀還是書寫，我們面對文字正如面對鏡子，

逐漸看清楚的，正是自己的心靈。這是一本適合放在閱讀燈下，時常翻閱的哲學小說。它會隨時帶領我們上路，敞開心靈、驅散恐懼、走向未知。但是我們永遠不會在閱讀這些文字以後回到旅程的起點，我們將比啟程的時候更清醒，更了解自己。

《里斯本夜車》
Nachtzug nach Lissabon

Pascal Mercier
趙英／譯
野人文化

詩意的行腳

　　每隔六、七年，女書人鍾芳玲就會推出一本書，讓真正愛書的讀者驚豔。一九九七年出版《書店風景》，二〇〇四年出版《書天堂》，二〇一〇年年底出版《書店傳奇》。其實，芳玲自己也曾經為臺北的一家書局設計過一間極富特色的書店。不但有著美輪美奐的店堂，甚至定期安排與文學有關的演講或座談節目。我自己就曾經在芳玲的安排下，與讀者朋友們討論了一番莫泊桑小說藝術的點點滴滴。但是，本來是書店街的重慶南路畢竟發生了一些變化，這種變化決不是只出現在臺北，也會出現在許多其他的地方，比方說紐約，比方說倫敦，比方說舊金山，比方說華盛頓。而且，在這許多地方，書店的變化較之臺北更加迅猛。芳玲的這一本新書，不但談到了她穿梭於英美書商之間，那極富詩意的行腳，也談到了這些著名的書籍集散地的變遷。這本書不但是書店本身的傳奇，書商們的傳奇，也是芳玲自己的傳奇。

記得在《書店風景》的封底上，芳玲曾自曝心曲，「在這個紛紛擾擾的世界裡，唯有在書的世界中，我才能真正的解放。有一種安全、寧靜的感覺，可以恣意張狂而不被評斷、可以憂鬱感傷而無須解釋，這一切之所以化為可能，全都是因為書與書店的存在。」

幾年之後，二○○四年，芳玲在信中說，她將從二○○五年起，花更多的時間在國外旅行，採訪與書寫。果真，她甚至從臺北遷居美西，展開她對於英美著名書店的深度探尋。在我手中的這本新書裡，我看到了一些我們共同喜愛的書店。

正好是今年五月底，我走進了有著兩百五十年歷史的莎樂倫書店（Henry Sotheran Limited）。為了造訪這家書店，我們甚至住在皮卡迪里圓環附近的旅店，目的就是在倫敦的七天裡，能夠「常常回去」。無論電子書如何的強勢，無論手機怎樣地流行，莎樂倫書店完全不為所動，高傲地展示著人類在漫長歲月裡以書籍、以印刷延續文明的壯舉。那樣高貴、雅緻、精美的印刷與裝幀技藝，讓人感動，讓人不忍離去，讓人不願重回喧囂的電子世界。但是，我們畢竟不會長

住倫敦，我們畢竟不會常常走進這家莊重的書店。我畢竟還是得回到電腦桌前，繼續敲鍵。然而，芳玲的書留下了美好的畫面，詳實、熱情的文字，讓我在萬里之外久久地回味著莎樂倫書店的萬般美好。更重要的是，這時不時的回顧，不是在網上，而是在一本印刷精美的書裡，翻動書頁的時候，插圖與文字如同精靈般飛舞起來，帶給我們長長久久的浮想聯翩。於是，書籍與古老印刷品的驕傲，就具體而生動地展現在我們的面前，讓我們心嚮往之。

就在美東，就在兩、三小時的車程以內，我們可以抵達位於賓州的著名書倉 Baldwin's Book Barn。兩年前，外子與我也曾經來到這個書倉。我們會來到這裡，也多虧是在芳玲的《書店風景》裡面得到指引。這裡曾經是一個真正的穀倉，巨大，結實，防潮，溫暖，有著儲備糧食和儲藏精神糧食的強大功能。一九三四年，這裡成為販賣古董書和二手書的真正書倉，藏書量足有幾十萬本。那樣的古樸自然，屹立在荒僻的鄉間，當我們在書倉門前停車的時候，心裡感動著。沒有預約，我們信步走進去，迎面看到書倉主人鮑德溫先生，竟然像是看到了老朋友。因為，實實在在的，我們在

芳玲的書裡已經見過面啦。

　　我們分頭直接地奔向各自需要的書區，樓上樓下地走來走去，那個時候，真正是目光如炬，快速地評斷著，在這個書海裡，在短短的兩三個小時裡，要找到我們所期待的書籍，已經絕版但是絕對重要的書籍。書倉名副其實，它是那樣的豐富，那樣的條理分明，那樣親切地讓我們在很短的時間裡找到許多長久折磨著我們的奇書，那些只是聽說過未曾見過的書。尤其重要的一本，我簡直一下子就被迷住了，一本談香草的書，沒有植物學的艱深，卻有條有理地告訴我們，許多聞所未聞的香草在漫長的歲月裡怎樣地被發現，怎樣地成為佐料，怎樣地在烹調的過程中成為不可或缺的重要角色。那樣細緻、精美的插圖，那樣優雅而淺白的文字，那樣一種樸素、誠懇的意境。當我們將各自懷抱的書籍送到收銀臺上的時候，書倉主人微笑問我們，怎麼會知道這個書倉的？我們兩人異口同聲，因為芳玲的書啊。書倉主人高興地笑了，那笑容十分的溫暖。臨別，他還送了一本一九九〇年在倫敦出版的Emily Dickinson的迷你詩集給我作為禮物。從此，這本精裝的詩集便成了我長途飛行時的良伴。

　　回程的路上，我們便在討論，這偉大的書倉何以屹立不搖。當年，第一代書倉主人睿智地買下了這個地方，從此不受租金的困擾。鮑德溫先生經營有方，他的助手們都是學有專精的專家，都對書籍有著熾熱的感情，於是，書倉呈現出最佳狀態，老少咸宜。藉著網絡的傳播，更是無遠弗屆。

　　但是，接班的人選卻遲遲無法出現。下一代不但沒有興趣，甚至已經搬到了溫暖的佛羅里達。在談話中，鮑德溫先生便淡淡地談到了這些隱憂。我就跟外子說，我們找書的時候，首先要想到這家書倉，這裡若是沒有，我們再問別家……。這是愛書人能夠給予書倉的最起碼的支援。

　　芳玲步履沉緩，一往情深地為我們提出了一系列的案例，告訴了我們一家家著名的獨立書店由輝煌走向暗淡，終至消失的過程。到了今天，維吉尼亞州亞歷山大市的河邊書店結束已經好幾年，我仍然會走到那裡，想念著那間書店給我的無數美好，感謝著那間書店給我的靈感。在我的小說裡，這間書店再也不會消失。在芳玲的書裡，那許多著名的書店也留下了永遠的身影。

　　人生苦短，讀書要快。更重要的是，我們應當常常走

進一家書店，將書籍買回家。年節近了，買書送給親友過節吧，那是最好的禮物。那是我們為延續人類文明可以做出的最基本的貢獻。那也是對女書人鍾芳玲多年來的辛苦跋涉最高的禮敬。

《書店傳奇》

鍾芳玲／著
遠景出版

到俄羅斯去

　　自從蘇聯解體，就想著要到俄羅斯去。好不容易，在二
〇一三年六月達成心願。臨行前不久，詩人零雨介紹我一本
好書，俄羅斯文學專家熊宗慧教授的《俄羅斯私風景》。出
版社起了一個極富俄國味道的好名字，櫻桃園文化，讓我想
到契訶夫的戲劇《櫻桃園》，心裡滿是溫暖。私心裡還有一
個小祕密，這位宗慧教授可不是凡人，她翻譯了盧基揚年科
的《夜巡者》。當初看到書名，馬上想到林布蘭特名畫《夜
巡》，即刻買回家挑燈夜讀。待到翻開書，這才了解，這盧
基揚年科著實了得，巡者系列魔幻小說簡直就是在十九世紀
俄羅斯文學肥沃的土地上生長起來的一棵參天大樹。當然，
宗慧教授的精湛譯文給這部書的中譯本注滿了致命的吸引
力。再有，宗慧教授也是阿赫瑪托娃抒情詩的譯者之一。在
蘇聯時期受盡苦難的阿赫瑪托娃是我極其珍愛的詩人。凡此
種種造成了一個結果，在我飛往聖彼得堡的時候，行囊裡只

帶了一本中文書，長長的飛行時間與宗慧教授一道「走過生活，讀過文學」，為即將展開的與俄羅斯的四目對視作了最文學的準備。

聖彼得堡，彼得一世幾乎是用填海造城之術來建立起這樣一個俄國面對西方的門戶。但是，我從來不能認同這就是這個巍峨的城市對人類文明最大的貢獻。聖彼得堡是被普希金謳歌過的，是果戈理充滿幻夢的舞臺，是杜斯妥也夫斯基將白夜納入文學殿堂的巨大背景。宗慧則引領我來到聖彼得堡的運河道，來到那些彎彎曲曲的巷弄之間，在璀璨、明亮、漫長的白夜之外，還有稍縱即逝的愛情如同彗星飛躍。宗慧寫道，杜斯妥也夫斯基在小說一開篇就寫到白夜的天空「繁星點點」。很多年來，我更注意杜氏同時說的一句話，「那樣的夜晚，大概只有在我們年輕幼稚的時候才曾有過。」正如宗慧所說，《白夜》是杜氏「最浪漫的一部小說，是一個夢想家的回憶」。這句話非常的中肯。我走在莫伊卡水道之畔，走向普希金告別世界的那間老公寓，一路上和宗慧「討論」著對白夜的觀感。

《白夜》之美麗，是熟悉黑暗的人最能夠體會的。那

從嚮往生發出的友誼，從無所不談中生發出的愛情是在長夜中度過青春歲月的人類無比珍惜的。尤其是當「政治」並非「正確」的純潔愛情被視為瘟疫、如同毒藥、如同蛇蠍般被整個社會詛咒、踐踏的時日，《白夜》是被侮辱與被損害的青年男女共同的夢想。在這樣的夢想中，白夜「事實上」不會出現的點點繁星，在《白夜》的忠實讀者眼睛裡卻是閃爍著清明的光亮的，它們與河畔的傾心低語娓娓長談交織成最為貼心的小夜曲，長久地慰藉著那些絕望的心靈。所以，對於在青春年少時未曾享有自由的人們來說，《白夜》的意義非同一般。而我，終於來到了白夜中的聖彼得堡，住進了聖以薩大教堂對面的旅館。凌晨兩點鐘，廣場上人聲鼎沸一片歡騰，天光則溫暖而明亮，我真切地看到了星光輝映下運河的潺潺流淌。回憶中的濃重黑暗與眼前的透明、清澈所產生的劇烈對比讓我的心臟狂跳起來。就在這個瞬間，我深切地理解了杜斯妥也夫斯基在《白夜》中所寄託的情懷。這情懷屬於全世界追夢的人，這情懷恆久地綻放著光芒。

　　從旅館走到著名的涅瓦大街上。就在運河之畔，就在喀山大教堂的對面，就在離果戈理銅像不遠的街角上，聳立著

數層樓高的巨大書城。涅瓦大街行人如織,書城裡愛書人摩肩擦踵。文學,俄羅斯文學,世界文學的俄譯本,占據著顯赫的位置。富精美插圖的典藏本、皮面精裝、軟皮精裝、平裝書籍整齊展示。俄國民眾不但讀書而且有藏書習慣,我看到不少讀者在瀏覽書籍的時候用書籤輕輕翻頁,瀏覽完畢會帶往收銀臺或者將書籍小心地放回原處,保持整潔。阿赫瑪托娃的詩集在陳列架上站成極為壯觀的隊伍,書店工作人員滿腔熱誠向我介紹詩集的版本,如數家珍,然後親切問我,您需要哪幾個版本?

聽著音樂般的聖彼得堡俄語,想著宗慧對阿赫瑪托娃的評介。熟悉俄羅斯文學的讀者沒有人不知道詩人安娜・阿赫瑪托娃的悲苦命運與政治迫害息息相關,她的丈夫、兒子、朋友屢遭判刑、流放,甚至死於勞改營,她自己也曾遭到整肅,她的詩作也曾遭到禁燬。那麼她的詩歌豈不應當是激昂的、反抗的、很大聲的?恰恰相反,她的詩纏綿、曲折,飽含著「徘徊在熱戀、離別與背叛之間的男女情事」。那麼如此嬌弱的女詩人又是如何熬過苦難歲月,寫出了《安魂曲》、《沒有主角的敘事詩》這樣宏偉的長篇詩作,不但

為歷史做見證，更彰顯了一位大詩人的氣派與格局？宗慧看
到了感覺到了許多學者專家沒有看清楚的一個事實，就是在
「吟風弄月的小詩天地間」，早已跳動著一顆堅毅、敏感的
女人心，強力回應著時代的殘酷劇變。阿赫瑪托娃用愛戰勝
邪惡，用她那令心靈顫動的詩行贏得世界永恆的尊敬。

　　在莫斯科，到新聖女修道院公墓去看望果戈理與契訶
夫。走在椴樹下，在花香的氤氳中，看到了作曲家蕭士塔高
維奇的安息之地。宗慧有文章談及蕭氏的歌劇，從莎翁的
馬克白夫人到俄國小說家列斯科夫的小說到蕭氏的歌劇《姆
岑斯基縣的馬克白夫人》。這齣歌劇使得本來是對權勢欲望
的譴責、嘲諷轉化為對於愛的詮釋，主人公為了愛情而奮不
顧身的痛苦抉擇贏得觀眾的同情。年輕的蕭士塔高維奇更是
賦予音樂以極強烈的感染力量。歌劇在大獲成功的同時，被
史達林腰斬，其原因自然是「政治」的不夠「正確」。面對
高壓，英勇的作曲家沉默以對，不但沒有改寫歌劇，也沒有
「公開道歉」以換取歌劇的演出，藝術家捍衛自己作品的勇
氣一直是我最為敬佩的。憶及宗慧描述這齣歌劇在蘇聯垮臺
後重回舞臺的動人場景，心潮起伏，躬身在蕭氏墓前獻上一

朵深紅色的玫瑰。

　　宗慧的書寫睿智而充滿情感，不但是對走進俄國這個國家成為最佳指南，更是對深入俄羅斯文學藝術成為最佳指南。我靜靜地將這本書放回行囊，我知道，當旅程結束返回華盛頓以後，我會重新打開這本書，與宗慧展開更深入的討論。

《俄羅斯私風景》

熊宗慧／著
櫻桃園文化

讓書蟲們安下心來的一本書

二〇一二年早春，從二月一日到六日，每一天，我都在臺北國際書展的展場裡度過一些時間。用目光如炬來形容應該不算錯，從聯經到三民到九歌到印刻到大塊到貓頭鷹到木馬到臺灣商務到允晨到時報……。走走停停，停停走走，眼光不離文學類的出版品。

深更半夜，我走在靜悄悄的敦化圓環誠品書店裡。書展是各出版社全力衝刺之處，書店才是見真章的地方，也就是說，在書店裡，我們才會看到書籍市場的真實風景。新書無比耀眼。但是平放一個月之後就要移駕到書架上去了。上個月出版的一本書與這個月出版的一本書居然同時平放在新書展示臺上，出版界的老朋友連連道恭喜，說是已然極其罕見。我卻連一句話也講不出來。臨別臺北之前，又悄悄地在凌晨走進誠品，搜購漏網之魚，順便與自己的心血結晶道別，看到一本穩穩地平放在新書區，另外一本到了文學區，

卻是封面朝外直立在書架上，對誠品，滿心都是感激。老朋友笑說，那是讀者捧場的結果。感謝書蟲們吧。

又一次，將數百本中文書裝箱海運回華府。到家沒幾天，又與外子一道走進英文的書店。我寫文章需要參考書，通常不是上網去查，甚至不是到圖書館去寫筆記，而是奔向書店。如果某些參考書是非常有趣之書，絕對要買回家，無論貴賤。買了書，高高興興坐在咖啡區將書店的購物袋打開來，檢視著這一個下午的戰利品。我呆住了，這購物袋怎麼是這個樣子呢？上面沒有畫出一條書蟲心花怒放地面對一本打開的紙本書，而是一隻電子書的閱讀器，閃著冷漠的光，面對著我。外子端著兩杯卡普其諾回來看我表情有異，掃了一眼那隻購物袋，輕描淡寫，「潮流使然。」

回到家，我飛奔進書房，一本線裝書《書本的危機》端端正正平放在書桌上。捧起這本書，手指觸摸到的好像是古老的布漿紙而非普通的木漿紙。這本書是我在臺北書展覓得，放在手提行李裡一路扛回家的。當初，來不及閱讀，但是五孔線裝，是一種誠摯的禮敬。我知道原作英文版也是用的線裝，那便是禮敬，雖然小小一本書因為這樣的裝幀而昂

貴了許多。現時現刻，我這條書蟲便懷著忐忑不安的心打開了它，我要知道，潮流使然究竟將我們帶向哪裡。

這本書的作者安東尼‧葛睿夫頓是美國著名的歷史學家，同時，他也通曉現代科技，知道現代科技帶給人類的諸般好處。如此，方能夠將「潮流使然」的諸般現象放進歷史的宏大視野裡加以分析，並且，最重要的，讓我們看到將來，看到將來的閱讀前景。換句話說，實質書籍或者說紙本書、手稿、珍貴的文獻還會繼續存在嗎？還有其存在的必要性嗎？

葛睿夫頓教授行文幽默，他告訴我們，這革命的潮流並非由微軟與谷歌開始，而是早在二十世紀五〇年代，便有了微型膠卷的劃時代創舉。數千卷黑白影像模模糊糊不說，讀者還需要用手來搖動。沉重而且效果不彰，美麗的彩色和線條與圖片全都變成了一堆亂七八糟。於是這革命性的創舉並沒有找到紙本書的替代物而無聲無息了。近些年來，許多讀者甚至不知道，世上曾經有過這樣的一次革命。

為什麼會產生革命？是憤怒嗎？不是的，是渴求。是人類渴求更多的知識，更多的趣味。一句話，人類渴求在茫茫

書海裡撈取更多。怎樣可能大大地加快速度？電腦為人類提供了幾乎無限大的可能性。微軟與谷歌乘勢而起。谷歌則創造出前所未有的成就。那是多麼快速而簡易啊！從網頁上我們可以迅速找到那樣清晰的文字，那樣逼真的圖像！更不要說網絡之間的連結了，那是多麼的引人入勝啊！一臺筆記型電腦便可以把現代人引領進知識的宇宙了。於是，絕大多數的人遇到問題不再翻閱百科全書，而是請谷歌、維基百科幫忙，馬上找到「答案」，馬上順著這個線索展開「研究」，迅速得到「結論」，省時省事，豈不快哉。於是，許多人覺得「未來的數位藏書庫不但會取代書籍儲存人類知識的地位，還會比書本更好」。

　　且慢，葛睿夫頓教授卻向我們描摹了一個普通又普通的圖景，大學生們依靠網絡迅速地完成了作業，正在快樂地交頭接耳。教授先生卻用粉筆猛烈地敲擊著講臺，大聲表示出他的憤怒，「你們引用了一大堆亂七八糟的東西，但是，你們個人的觀點在哪裡？更不消說，你們所引用的東西裡，有著那樣離譜的錯誤！」

　　對不起，谷歌從未自詡為萬能的知識庫，他們將自己

的功能定位於「搜尋的協助者」而不是「資訊的主要提供者」。按照這個標準，谷歌十二分的成功。谷歌幫助人們找到了書，剩下的事情，由於資料庫的限制與資訊的錯誤叢生，谷歌並不負責幫助一位大學生獲取知識，完成學業。

但是，卻有一個機構能夠使一切的渴求得到滿足，使一切的問題得到真正有用的回答。一個研究生在所有的捷徑都走不通的時候，向教授請教接下來的路要怎麼走。教授微笑，在第五大道和四十二街的路口，兩座石獅中間階梯緩緩向上，走上去，走進去，所有的答案都在那裡。那就是紐約市立圖書館。其藏書有五千三百多萬冊。目前，谷歌正在忙著掃描其中的一百萬冊。

人們也會說，科技的偉大之處就在這裡啊！總有一天，谷歌能夠將這五千三百萬冊典籍全部納入他們的資料庫啊。但是，我們都知道，谷歌沒有能力成為普世圖書館，他們也沒有意願成為普世圖書館。許多古老的典籍與手稿並非這樣一個商業機構真正有興趣的。但是，紙張和印刷術都是偉大的科學與技術，而且是最古老最有價值的科學與技術。

更不用說，筆記電腦和iPad會帶領我們走向思想的自由

嗎？安寧與冥思，是高速運轉的社會裡最缺少的兩樣特質。
實體書籍或紙本書卻是這兩樣素質的金礦。我面前的這一本
讓我安心的書尤其富有這樣的特質。

《書本的危機》
Codex in Crisis

Anthony Grafton
金振玄／譯
允晨文化

有關文字編輯之種種

　　在很長的時間裡，我曾經以為只有在希臘這樣的國度裡，才會有編者緊跟在詩人的身邊，殷殷相詢，不知敝出版社今年是否有幸得到閣下的詩集……；詩人的回答常常是朦朧的，請稍待，我還沒有準備好……。這一個「稍待」非同小可，往往是好幾年的光陰。我也曾經親眼看到一位劇作家光臨雅典著名餐廳時的王者氣象，劇作家呼朋喚友，豪情滿懷宣布，「記在我的帳上。」眾人大吃大喝，高談闊論至凌晨。果真，並無任何人買單。我問希臘友人，此事如何了局。友人笑說，店家會在那劇作家方便的時候上門，象徵性地收費若干。轉頭看餐廳主人，果真是一臉不勝榮幸的誠懇模樣。希臘友人看到我的訝異總是忍俊不禁，開導我說，「詩人是離神最近的人……。」而且，在希臘人心目中，作家都是詩人，是文字藝術家。善待作家乃天經地義。真好，希臘真好，我感慨萬千。

　　哪裡想到，日本的出版家大塚信一在日本著名的岩波書店工作四十年後寫了一本回憶錄，讓我們看到希臘以外的一個出版理想國，看到日本社會人文與思想的發展，看到日本社會對書籍的需求，我們更看到了有關文字編輯之種種。

　　岩波書店是日本出版界的龍頭老大，二〇一三年剛剛歡慶百歲生日。俗話說，「大眾文化找講談社，高級文化找岩波」。這家書店在創業期間就立下了「書價不打折」的原則，始終一貫地將書籍放在至尊至貴的地位，引領日本成為真正的書香社會，抵禦著幾乎在全世界氾濫的「不讀書」的惡劣風氣。這家書店是一家綜合性出版社，舉凡學術書籍、教科書、一般知識性讀物、啟蒙書、新書、文庫、美術書籍、童書、全集（學術性與文學性）、講座、辭典、運用電子技術的新領域、雜誌等等，幾乎可以說，所有領域的出版品以及CD-ROM都在岩波經營的範疇之內。日本社會特有的小開本形式的「新書」、「文庫」都是岩波首創。至於對於社會產生巨大至深影響的「講座」更是岩波以至於大塚信一本人力求以最佳質量出版的。這樣一家令人肅然起敬的出版社自然會擁有獨特的編輯理念。

　　一九六七年，年輕的大塚從雜誌課調動到單行本編輯部，在負責兩三本單行本的同時，參加了「哲學」講座書系的準備工作。戰前，岩波曾經出版十八卷「哲學」講座。這一次，是戰後首次推出哲學講座書系。大塚調入時，此一書系已經完成百分之九十，共十七卷，主題包括：哲學課題、現代哲學、人的哲學、歷史哲學、社會哲學、自然哲學、哲學概念與方法、存在與知識、價值、邏輯、科學的方法、文化、藝術、宗教與道德、哲學的歷史I、II、日本哲學。洋洋大觀，應當是沒有缺失了，但大塚不這麼認為，當時作為人類學理論之一，作為現代文學批評學派之一的結構主義正在歐美蓬勃發展，從這一觀點思索，他感覺岩波即將出版的這個書系還不夠完美，「幾乎不存在對於語言的視點，亦即沒有把當時在某種意義上被認為是最現代的、成果甚豐的課題『語言』納入其中。」最理想的便是再加一卷，專論語言。大塚是一位編輯新手，這個書系已經進入企劃尾聲，老總們有足夠的理由拒絕大塚的意見，但是，他們一致採納了這位博學的進入岩波只有四年的年輕人的建議，增加了《語言》卷，就現代語言理論與哲學、思考與語言、語言結構邏輯、

語言與社會、語言與文化等等主題，網羅一時之選為文論述。這十八卷哲學講座出版後，好評如潮，大受讀者歡迎，每一卷都銷售數萬冊以上，而且常銷不衰。其中銷售成績最好的就是這一卷臨時加入的《語言》卷。編者大塚信一經此一役，與這一卷的作者們服部四郎、川本茂雄、鈴木孝夫等人都建立了長期的、深厚的合作關係。而且，之後的三十餘年，由編者而社長的大塚先生在他的出版生涯裡從來沒有放棄有關語言問題的探討，也從未放棄對出版理想國的不懈追求。

　　讀到這樣的文字，怎能不讓握管人激動？眾所周知，文化的散播與傳承有如河流，創作者在上游；出版、傳播者在中游；下游則是市場，廣大讀者、觀眾接受的意願直接地反饋到中游與上游。這是一般的通則，當市場萎縮的慘狀出現的時候，出版社關門、作者餓死似乎不可避免。但是，大塚信一卻在用他四十年的經驗告訴我們，真正有創意的編者是能夠引領潮流的，是能夠帶動廣大讀者一道學習的；同時，真正有創意的編者也是能夠激發作者的創作熱情，讓他們在有限的生命裡為文化的豐饒做出更大貢獻的。

　　這樣的編者是怎樣養成的？剛剛邁出大學校門的大塚考進了岩波書店，擔任《思想》雜誌的編輯，他在極短的時間裡便進入了狀況。比他早進門的編者，馬上將他介紹給作者們，帶著他與作者見面吃飯，帶著他奔到各大學去送名片。如此這般，年輕編者找到了作者，作者們也不會因為老編者退休而失去與出版社的聯繫。中游與上游就這樣緊密地連結了起來。著名的岩波書店百年來遵循著尊重作者、愛護作者的原則，與作者互動頻繁，編者與作者常常吃飯喝酒到深夜，內涵豐富的言談話語激發出思想的燦爛火花，拓寬、充實了編者的思考角度，無數出版計劃由此萌生。大塚也被前輩帶往印刷廠，他親眼看到自己用紅筆在稿件上的每一處更動，由父執輩的排字工人準確地用鉛字與隔行的鉛條來完成。這樣的經驗使他更加堅定了敬惜文字的態度，一生受益。

　　更重要的便是思想的成熟，不但堅定地反對殖民主義，更認為「出版這項事業，目的便是促進不同文化的互相理解，早日使人類脫離不合理的歷史。」因之，大塚在法蘭克福書展能夠從「每一本書都想買日文版權」發展到歐美著名

出版家前來購買日本數學、經濟學理論專著版權。應美國國務院之邀前去訪問之時，大塚造訪的全是大學出版社。引進西方最新思潮，網羅日本最積極的思想家、實力堅強的一流作家，共同作出能夠影響社會大眾，引領社會前進的書籍企劃，付諸實施。

於是，我們看到了一位幾乎不眠不休的卓越編者，我們看到了岩波書店的輝煌成就，我們也看到了一個積極奮進的日本，以及我們所不熟悉的在文化與思想方面不斷演進的日本。

《追求出版理想國──
我在岩波書店的 40 年》
理想の出版を求めて──
編集者の回想 1963-2003

大塚信一
馬健全、楊晶／譯
聯經出版

國家圖書館出版品預行編目資料

翻動書頁的聲音／韓秀作 . -- 初版 . -- 臺北市：
幼獅, 2017.02
　　面；　公分 . --（散文館；26）

ISBN 978-986-449-059-2（平裝）

855　　　　　　　　　　　105018684

・散文館026・

翻動書頁的聲音

作　　　者＝韓秀
出 版 者＝幼獅文化事業股份有限公司
發 行 人＝李鍾桂
總 經 理＝王華金
總 編 輯＝劉淑華
副總編輯＝林碧琪
主　　　編＝林泊瑜
編　　　輯＝黃淨閔
美術編輯＝游巧鈴
總 公 司＝10045臺北市重慶南路1段66-1號3樓
電　　　話＝(02)2311-2832
傳　　　真＝(02)2311-5368
郵政劃撥＝00033368

門市
・松江展示中心：10422臺北市松江路219號
　電話：(02)2502-5858轉734　傳真：(02)2503-6601

印　　　刷＝崇寶彩藝印刷股份有限公司
定　　　價＝250元
港　　　幣＝83元
初　　　版＝2017.02
書　　　號＝986277

幼獅樂讀網
http://www.youth.com.tw
幼獅購物網
http://shopping.youth.com.tw
e-mail:customer@youth.com.tw

行政院新聞局核准登記證局版臺業字第0143號
有著作權・侵害必究(若有缺頁或破損，請寄回更換)
欲利用本書內容者，請洽幼獅公司圖書組(02)2314-6001#236